michason & may

Bibliografische Information der Deutschen Nationalbibliothek:
Die Deutsche Nationalbibliothek verzeichnet diese Publikation in der Deutschen Nationalbibliografie; detaillierte bibliografische Daten sind im Internet unter http://dnb.d-nb.de abrufbar.

Umschlaggestaltung:
litRAUM.de unter Verwendung einer Grafik von freepik.com

Autorenporträt:
© Kerstin Rolfes

Druck:
Print Group Sp. z o.o.

ISBN: 978-3-86286-051-7
Originalausgabe

Weitere Informationen unter:
www.michasonundmay.de

Im Sommer

KOMMEN DIE FLIEGEN

Prolog

Der Teufel ist ein hölzerner Gesell, der neben einer Touristenschautafel lehnt, braun von den Hörnern bis zum Huf. Beneidenswert lässig steht er da und lacht dich an.

Fließende Grenzen am aufgelösten Horizont. Gestern ist morgen. Traum und Wirklichkeit bewegen sich mit jedem Schritt, den du machst, aufeinander zu.

Du lässt deinen Gedanken freien Lauf und deinen Füßen. Beobachtest, wie Weiß zu Grau wird und Grau zu Weiß.

Da taucht etwas Schwarzes am Himmel auf. Noch unleserlich, weil zu weit entfernt. Das Vage geht in den Sinkflug. Du bleibst stehen, beobachtest, wie es auseinanderstiebt – und Tausende von Fliegen über einem Maisfeld kreisen.

wo geht's zum moor
fragt der tor
und steht schon längst davor

15. Juli

Siebzehn Uhr zwanzig, endlich allein. Frau Peters hatte ihm sein Zimmer gezeigt, ihm von ihrem verstorbenen Mann berichtet, und Knorp hörte ihr wohlerzogen zu. Höflichkeit ist eine Last in Zeiten ausufernden Redeflusses. Gute Erziehung wirft einen weit zurück.

Er hätte ihr sagen sollen, dass er hier sei, um Einsamkeit zu finden, doch vor allem die Vogelwelt, die ja um einiges interessanter ist als das Gewäsch aufdringlicher Weiber. Wäre man taub, wäre das Leben viel leichter, wenn all der Wortmüll an einem abprallt, und sich die Suche nach einer Ausrede von selbst erübrigt.

Endlich öffnet er seinen Koffer. Ein Glücksgefühl durchströmt Knorp, am liebsten würde er die Kleidungsstücke unangetastet lassen, denn Vollkommenheit ist selten geworden in der heutigen Zeit.

Der Charakter eines Menschen lässt sich an der Art und Weise ablesen, wie er auf Reisen geht: Macht der Unordentliche aus seiner Zerrissenheit keinen Hehl, so stellt der Abgeklärte sein In-sich-Ruhen schon beim Kofferpacken unter Beweis.

Unordnung, denkt Knorp, ist der Beginn allen Übels. Wie soll eine Welt funktionieren und ein Alltag, wenn sich das Chaos seine Bahnen bricht?

Er holt die Kamera aus der Tasche, platziert sich einen Meter entfernt vom Koffer, den er jetzt durch die Linse in Augenschein nimmt: ein Stapel frisch gestärkter Hemden, drei auf Falte gebügelte Cargohosen, vierzehn baumwollene Boxershorts, taschentuchgroß zusammengelegt. Außerdem dreizehn Paar zu je einer Kugel drapierte Socken, deren Braunton sich vom Grün der übrigen Kleidung abhebt. Und doch mit ihm zusammen der Natur huldigt, besonders der erwachenden: ein Frühlingsbraun und Frühlingsgrün.

Eigentlich wäre Knorp ja lieber im Mai nach Worpswede gekommen, statt wie nun mitten im Sommer. Leichtes Unwohlsein steigt in ihm hoch, doch er beherrscht sich, zählt bis drei und lenkt den Blick auf sein Objekt.

Perfekt, denkt er, und macht gleich noch ein zweites Foto und ein drittes zur Sicherheit. Die Möglichkeiten einer Digitalkamera scheinen unendlich. Er hätte es selbst nicht geglaubt, aber die Technik wirft ihre Schatten immer weiter voraus. Sogar nervöse Zeitgenossen, Leute wie die Pressereferentin Bube, sind nun in der Lage, fotografisch festzuhalten, was ihnen bewahrenswert erscheint. Er selbst hasst diese sich nach außen Stülpenden und dort nach Wirkung Schreienden, wie es meist Frauen sind. Schon die Art, sich zu kleiden, schon ihre Stimmen, ihre Absätze. Ja, er hasst die Bube, die sich vor jede Kamera drängt und ihm so manchen Morgen beim Aufschlagen der Zeitung die Laune verdirbt.

Er schießt noch ein viertes Foto, diesmal jedoch in Gedanken beim Knopfdruck-Lächeln der Bube. Knorp wundert sich über das Motiv: verwackelte Hüttenschuhe auf Schaffell. Knorp nähert sich ihnen, betrachtet die riesigen Schuhe vor dem Bett. Mindestens Größe 46.

Eine seltsame Ahnung beschleicht ihn, beinahe ein Unbehagen. Er versteht, dass Frau Peters Füße niemals solche Siebenmeilenstiefel ausfüllen könnten. Und ihr Mann ist schon vor längerer Zeit verstorben. In diesem Moment fährt ein hohes Pfeifen in Knorps Gedanken, lässt ihm den Atem stocken.

Knorp glaubt an einen Herzinfarkt, dann umfasst er mit Daumen und Zeigefinger sein Handgelenk. Ruhepuls 80, alles im grünen Bereich. Er öffnet die Vorhänge. Sein Blick fällt auf Gleise, erspäht die Rücklichter eines Zuges.

Idyllische Lage: gegenüber den Pferdeweiden mit Blick auf Wiesen und die Weite des Moores. Entspannung pur in der Natur!

Er wird Frau Peters fragen, was es mit der Bahnlinie auf sich hat. Wenn sie nur nicht so geschwätzig wäre. Kommunikationsfähigkeit, denkt Knorp.

»Sprechen Sie, Herr Knorp. Kommen Sie doch mal aus sich heraus!«

Die Betriebsfeier hatte sich als traumatisches Ereignis in sein Hirn gebrannt. Eine von oben verordnete Fröhlichkeit, die sich im Laufe des Abends in vulgäre Selbstdarstellung steigerte.

Knorp schließt die Augen. Die laue Luft scheint ihm gut zu tun. Endlich Ruhe, endlich hört das alles auf. Und erst jetzt entdeckt er das Überraschungsei auf dem Kopfkissen. Als wäre er ein Kind. Womöglich rechnet die Zimmerwirtin mit einem Bericht zu Form und Farbe des Inhalts.

Knorp hasst Überraschungseier, noch mehr den Begriff Ü-Ei. Das Pendant zu O-Saft, den er schon aus Prinzip nicht bestellen würde. Knorp deckt seinen täglichen Vitamin-C-Bedarf mit einer Messerspitze Ascorbin-Säure, die er immer bei sich trägt. Er greift sich ans Herz, genau genommen an die Außentasche seiner Outdoor-Weste. Dann zieht er die Plastikdose heraus und stellt sie auf den Nachttisch.

Das Überraschungsei wird er in die Schublade legen, er könnte ja etwas erfinden. Eine Figur, die im gelben Plastik lag. Ein Astronaut zum Beispiel.

Eigentlich wollte er schon längst draußen sein. Seinen ersten Abend die Umgebung durchstreifend, mit dem Fernglas in der Hand, auf der Suche nach Flora und Fauna.

»Seien Sie flexibel, Herr Knorp. Ein neues Büro, davon geht doch die Welt nicht unter!«

Ein Bad könnte jetzt gut tun, eine Dusche, aber vor allem: Hände waschen. Er wird Abstand halten zur Zimmerwirtin. Vierzehn Tage verfliegen im Nu, bloß nicht den knappen Urlaub mit Überflüssigem vergeuden. Lebenszeit, denkt Knorp, als er die Tür öffnet und einen Blick in den Flur riskiert.

Die Luft scheint rein zu sein. Nur aus dem Erdgeschoss ein Trällern, die exaltierte Stimme der Zimmerwirtin, die sich in Arien probiert. Knorp verachtet Gesang von Menschen, deren Versuch, Musikalität zur

Schau zu stellen, nur einen Mangel an Takt offenbart. Er wird sich Ohrstöpsel kaufen müssen, gleich morgen.

Links, ganz am Ende des Flurs, scheint sein Bad zu sein. Als er eine knarrende Diele betritt, setzt das Trällern aus. Knorp wartet einen Augenblick wie ein Reh, das sich im Visier seines Jägers ahnt, bis er im Schutz von Frau Peters gesanglichem Neustart auf Zehenspitzen weitertapst.

Er hatte richtig getippt: ein nostalgisch anmutendes Emailleschild mit dem Motiv eines Waschtrogs. Seine Hand greift nach der Klinke, sie lässt sich nicht bewegen. Knorps Schulter drückt vorsichtig gegen das weiße Holz.

»Ach, mein Gott!« Die Stimme der Witwe. »Ich habe ganz vergessen, Ihnen zu sagen, dass Ihr Badezimmer momentan außer Betrieb ist.«

Knorp schreckt zusammen, als er Frau Peters hinter seinem Rücken hört. Vielleicht hat sie den Treppenlift genommen, der aus Gründen, die er nicht hinterfragen möchte, am Geländer installiert ist.

Sie lächelt. »Die Handwerker kommen in den nächsten Tagen, Herr Knorp. Nehmen Sie bis dahin bitte mit meinem Bad Vorlieb. Es befindet sich an der gleichen Stelle, nur eine Etage höher.« Die Zimmerwirtin zwinkert ihm zu. »Wir werden uns doch nicht ins Gehege kommen, oder?«

Knorp zieht sein Hemd zurecht. Sie muss sich in der Zwischenzeit einparfümiert haben, sonst hätte seine Nase schon vorher reagiert. Er versucht, den Niesreiz zu unterdrücken.

»Gesundheit, Herr Knorp! Soll ich Ihnen einen Erkältungstee kochen?«

Knorp schüttelt den Kopf, flüchtet zurück in sein Zimmer. Dort angekommen, lehnt er sich von innen an die geschlossene Tür und zählt langsam bis zehn.

Er muss dringend ins Freie, die Lage im Feriendomizil erscheint ihm unübersichtlich. Er packt seinen Rucksack und wartet, bis die Schritte der Zimmerwirtin verhallen. Dann schleicht er leise hinaus.

Eine Gruppe schwarz-weiß gefleckter Kühe vertreibt sich die Zeit hinter dem Zaun.

Auf der anderen Seite, denkt Knorp, aber wer steht schon auf der richtigen?

Sie beäugen ihn aufmerksam. Einen Moment lang stellt er sich vor, wie es wäre, mit ihnen zu leben. Friedlich auf einer Weide grasend. Doch der Anblick praller Euter und rotierender Schwänze lässt ihn gleich wieder Abstand nehmen.

Was sie wohl über ihn denken. Ob sie sich wohlfühlen in ihrer Haut, ob sie empfinden wie er?

Eine Kuh nähert sich, wackelt mit den Ohren wie zum Gruß. Kommunikation. Was für ein hässliches Wort. Mindestens so hässlich wie der elektrische Zaun. Als würden Kühe über Zäune springen! Es liegt in der Natur des Menschen, andere einzuschränken, sie sich Untertan zu machen.

Die feuchten Nüstern lassen Knorp nach dem Taschentuch in seiner Hose greifen.

»Wollen Sie einen Handel mit Tempos aufmachen, Herr Knorp? Bleiben Sie lieber zu Hause, wenn Sie krank sind. Sie stecken uns noch alle an!«

Der schmale Weg führt ihn zu reetgedeckten Häusern. Knorp stellt sich ein Leben darin vor. Dunkler muss es sein, gemütlicher als der kreischende Alltag der Stadt. Ein richtiges Landleben, so wie früher, als Menschen um Öfen saßen, Strickzeug in der Hand und eine Geschichte auf den Lippen. Die alte Zeit, denkt Knorp.

Feierabend. Kein Mensch auf der Straße, vielleicht sind sie in den Urlaub gefahren an Orte, die aufzusuchen er nie verstehen würde. Palmen, kitschiger Schmuck und Sonnencreme drängen sich auf, dazu das Grinsen gieriger Straßenhändler. Nur in der Stille wird der Mensch.

Es duftet nach Tannen. Wie sagte der Taxifahrer, der ihn vom Osterholzer Bahnhof hierherbrachte: »Besorgen Sie sich eine Playstation, damit Sie es aushalten in dieser Einsamkeit, in dieser gottverlassenen Ödnis.«

Knorps Mimik hatte sich verhärtet, der Taxifahrer kam ihm vor wie ein Neandertaler. Ein zeitgenössischer Steinzeitmann, der nichts weiß von einem Leben in der Natur. Einer, der nichts ahnt vom großen Glück, das man beim Anblick eines Moorreihers empfindet.

Vor ihm liegt ein Bahnhof. Bonbonrosa. Ein echter Ferienortbahnhof, und jetzt erinnert sich Knorp an das Foto mit dem Moorexpress. Sein sattes Rot, das hohe Pfeifen. Der Puls bleibt ruhig diesmal.

Knorp wandert neben den Schienen zurück. Gleise, das sind Verbindungen aus einer Zeit, die noch nicht vorwärts schritt. Als man Länder nicht mit Flugzeugen übersprang und ganze Kontinente. Knorp ist noch nie geflogen, ist kein Langstreckentyp. Knorp fährt Zug. Sein Zug hatte ihn nach Bremen gebracht, von wo er nach Osterholz-Scharmbeck weiterfuhr.

Der Moorexpress. Wenigstens einmal will Knorp ihn besteigen. Die Natur von den Schienen aus …

Knorp sieht sich mit seiner Kamera schon durch das Fenster knipsen.

Foto-Safari würde die Bube es nennen. Knorp nennt es: sich eine Landschaft über das Auge erschließen. Sich in eine Landschaft so hineinversetzen, dass man sie später nicht nur in sich trägt und im Geiste abrufen, sondern die Bilder auch anderen zeigen könnte.

Doch da ist keiner, der Knorps Urlaubserinnerungen sehen will. Es geht mehr um den theoretischen Umstand, um die Möglichkeit. Alles im Lot, glaubt Knorp.

Die Pferde geraten in Bewegung, stieben auseinander, um nervös über die Koppel zu traben. Knorp fragt sich, ob sie seine Anwesenheit verstört, kramt in der Hosentasche nach dem Schlüssel.

Im Erdgeschoss brennt noch Licht. Knorp seufzt in die grillenzirpende Sommernacht. Er muss mit dem Schlimmsten rechnen: Wahrscheinlich wird sich die Peters gleich auf ihn stürzen.

Typisch Frau, denkt er verächtlich, nicht fürs Alleinsein geschaffen. Immer in Kontakt, immer am Quasseln, vom Respekt dem seligen Herrn Peters gegenüber mal ganz abgesehen.

Er könnte so tun, als sei er müde. Und auf einmal befällt Knorp eine ungeheure Müdigkeit, die seinen Körper von Kopf an zu lähmen scheint. Er sieht in Gedanken einen Knorp, der die Zimmerwirtin beiseite schiebt, sich seinen Weg nach oben bahnt ins Fremdenzimmer. Jener andere Knorp scheint ihm von der Treppe zuzuzwinkern, als er selber, wie von Geisterhand geschubst, in den Flur stolpert.

Es bleibt still. Keine Zimmerwirtin, keine Menschenseele. Er hätte sich die Knochen brechen können! Niemand, der sich nach seinem Wohlbefinden erkundigt oder fragt, wohin ihn sein Spaziergang denn geführt hat.

Er wartet noch ein paar Sekunden, vielleicht hat sie ihn ja nicht gehört. Dann geht er festen Schrittes die Treppe hinauf. Im Zimmer entdeckt er den Briefumschlag, der unter seine Tür geschoben wurde:

Überraschung: Dies ist eine herzliche Einladung zu einem Ausflug in die phantastische Worpsweder Natur. Morgen, gleich nach dem Frühstück!

Schlafen Sie aber erst mal in Ruhe aus. Gute Nacht und schöne Träume! Ihre Frau Peters.

Knorp, mit dem Schlimmsten rechnend, zieht das Blutdruckmessgerät aus dem Rucksack. Sein Blick fällt auf das leere Schaffell.

Seltsam, denkt er. Jemand muss die Hüttenschuhe entfernt haben.

unendliches glück auf der weide
nur ich stehe hier
und leide

16. Juli

Knorps Füße ertasten die nassen Steine.

»Haben Sie keine Angst«, sagt Frau Peters, und er hasst sie dafür. Hasst sich, weil er überhaupt hier herkam. Mit ihr gemeinsam an die Hamme, an diesen Flecken unberührter Natur, den er allein erkunden wollte.

Er lässt sich ins Wasser plumpsen. Es ist wärmer als er dachte und weich. Knorp schwimmt ein paar Züge auf dem Rücken, lässt seinen Bauch von der Sonne bescheinen.

Wie lange ist es schon her, denkt er, und ein wohliges Gefühl breitet sich aus. Knorp wird schwerelos.

»Huhu!« Frau Peters kommt die Böschung herunter. Sie trägt einen Bikini, doch nicht das Rot des Zweiteilers irritiert Knorp, weil es ihn an etwas Bestimmtes erinnert, das ihm im Moment nicht einfallen will. Er sieht die Figur der Vermieterin aus dem Stoff quellen, dreht seinen Kopf zur Seite, schnappt kurz nach Luft wie ein Fisch – als sie plötzlich ruft: »Sie sind ja ganz rot, Herr Knorp!«

Knorp stellt sich taub.

»Haben Sie Ihren roten Bauch gesehen?«

Jetzt hebt er seinen Kopf, um sich erschrocken zu begutachten. Frau Peters hat Recht: Sein Bauch ist rot gefärbt, auch seine Arme. Knorp will panisch ans Ufer schwimmen, zum Notarzt, ins Krankenhaus.

»Das Moor!«, ruft Frau Peters lachend. Sie gleitet ins Wasser: ein Rubensengel mit einem goldenen Vogelnest auf dem Kopf, das nun über den Fluss zu schweben scheint. Direkt auf ihn zu.

Knorp betrachtet das Schilf. Es ist hoch und grün, und er sieht einen Berg in der Ferne. Er denkt an den FKK-Strand, den es hier geben soll. Nur Frauen! Wäre er ein Reiher, würde er dorthin fliegen, genau jetzt, in dieser Minute, auf den höchsten Gipfel des Berges. Er stellt sich ihre Figuren vor, ähnlich der von Frau Peters. Knorp schließt die Augen für einen Moment, als würde er mit der Hand vor dem Gesicht am Damenstrand vorbeilaufen.

»Die Worpsweder Sonne hat es in sich, was Herr Knorp?« Sie hat ihn fast erreicht, nur noch zwei, drei Züge.

Knorp taucht seinen Kopf unter Wasser. Ohne nachzudenken, als sei er ein Fisch, bewegt er sich vorwärts durch das Nass. Seine Beine ahmen die Stöße eines Frosches nach, der jedoch, anders als er selbst, über die Haut atmet. Er sinkt.

Die Welt unter Wasser ist verschwommen. Knorp sieht Kaulquappen auf schlammigem Boden und den Unterkörper einer Nixe. Ihre schillernd türkise Schwanzflosse, die ihn neckisch zu begrüßen scheint, ihre glänzenden Schuppen. Darüber nackte Haut, weiß wie die Federn eines Silberreihers, doch fleischig. Sie scheint sich ihm zu nähern, sich an ihn schmiegen, ihn verschlingen zu wollen. Langsam treibt er nach oben.

»Sie können aber lange tauchen!«, staunt Frau Peters.

Knorp japst nach Luft. Er ist kein guter Schwimmer, auch kann niedriger Blutdruck schon mal zur Ohnmacht führen.

Als hätte das Vorher nicht existiert, blinzelt er der Stimme entgegen, die ihn wie aus einer hohlen Muschel erreicht. Der Wind streichelt sein Gesicht, holt ihn in die Gegenwart zurück.

Ich werde mich erkälten, denkt Knorp, schon der kleinste Luftzug, und er spürt es gleich im Hals. Vorsichtig öffnet er die Augen, sieht Frau Peters rote Lippen, die sich auseinanderziehen, langsam öffnen, eine Reihe strahlender Zähne entblößen, sich wieder schließen, spitzen.

Das blau verfärbte Moorfroschmännchen kriecht auf den Rücken des Weibchens, das ihn im Huckepack zum Laichort trägt. Dort verharren beide scheinbar tatenlos, mit starrem Blick aus waagerechter Pupille. Manchmal umklammern die Männchen auch Fische oder Steine.

Eine kühle Strömung umspielt Knorps Beine, vertreibt die Bilder aus seinem Kopf.

Frau Peters gleitet inzwischen auf dem Rücken durch den Fluss. Ihre Augen sind geschlossen, ein Lächeln umspielt ihre Lippen, als wüsste sie genau, dass ein Teil des Dekolletés aus dem Wasser ragt, nur ein paar Zentimeter, doch deutlich genug, um Knorps Blick zu bannen.

Plötzlich beginnen ihre Füße wild zu paddeln, die Spritzer benetzen Knorps Wangen, Augen und Mund.

»Was für ein herrlicher Tag!«, ruft Frau Peters, während ihre zappelnden Beine sie davontragen, von Knorp entfernen, der endlich Boden unter den Füßen spürt: weichen Torf, über den er fast zu tänzeln scheint.

Sein Körper wird Teil des Flusses. Jetzt fällt ihm ein, wie seine Mutter jedes Jahr zur Osterzeit Eier in Zwiebelschalen kochte, wie sich die Kalziumschicht nach einer Weile verfärbte, ähnlich dem Ton der Hühnereier, die schon braun im Handel lagen. Warum sich die Mutter solche Umstände machte? Jedes Jahr mit dem Rand einer Speckschwarte die abgekühlten Eier polierte, bis sie glänzten – um am Ende ein Muster aus unförmigen weißen Eiern hineinzuritzen?

Ein Gefühl drängt sich auf. Knorp wischt mit dem Handrücken über das Auge.

Als er auf moosigen Steinen hinaus ans Ufer wankt, rutscht die Badehose des seligen Herrn Peters. Knorp zieht sie hoch, wirft einen verstohlenen Blick zur Zimmerwirtin: Gott sei Dank scheint sie nichts bemerkt zu haben. Ihren Kopf hat sie genießerisch nach hinten gestreckt. Die Büste ruht sanft auf der Stelle.

Er hat sie nicht kommen hören, hatte sich extra zwischen den Büschen hinter dem Baum umgezogen, damit ihn keiner sieht.

Er versuchte, nicht an sie zu denken, auch nicht an die Jugendlichen, an denen sie vorhin auf dem Weg hierher vorbeigekommen waren. An das Mädchen, das mit gespreizten Beinen in der Hängematte saß und die Haare des unter ihrem Schoß knienden Jungen zerwühlte.

Knorp hatte gehofft, dass Frau Peters die Szene entgangen war, hatte schnell auf eine Libelle gedeutet, eine Rubinjungfer, Ceriagrion tellenum, die ins Maisfeld flog. Doch er war sich nicht sicher, ob Frau Peters Augen hinter der großen Sonnenbrille seinem Wink auch wirklich gefolgt waren oder ob sie nicht doch …

»Herr Knorp?« Nun steht sie hinter dem Baum, splitternackt. Knorp sieht weißes Fleisch, weiche Hüften, runde Brüste. »Herr Knorp, wo sind Sie? Ich habe kein Handtuch!«

Knorps Blick fällt entsetzt auf den Boden. Er hatte aus Versehen beide Badehandtücher mitgenommen, auch das von Frau Peters mit den Korallen und Seepferdchen. Knorp wünscht sich nach Hause, in seine Wohnung, wo bald ein Rentenbescheid im Briefkasten liegen wird.

»Machen Sie sich eine nette Zeit, Herr Knorp, hier gibt es nichts mehr zu archivieren!«

Erstarrt beobachtet er, wie die Zimmerwirtin erst ein paar Schritte in seine Richtung macht, dann achselzuckend zu ihren Kleidungsstücken geht und sich von der Sonne trocknen lässt.

Knorp versucht, seinen Blick abzuwenden, versucht an den Bescheid zu denken oder besser noch: an seine Kündigung. Statt Frau Peters Rundungen stellt er sich das Gesicht des Herrn Klagau vor, dem neuen Chef, der ihn zwei Wochen nach dessen Einstellung ins Büro zitierte, um ihm zu sagen, dass er, Roderich Knorp, sich glücklich schätzen könne, ab sofort über einen ganz besonderen Luxus zu verfügen. Dem der Zeit nämlich, die doch ein rares Gut sei, weshalb er ihm von ganzem Herzen dazu gratuliere.

Knorp ignoriert den Impuls, sich zu ärgern und tut das einzig Richtige: Er flüchtet geduckt auf den Hauptweg.

Ein Mütterchen tapert vorbei, wünscht: »Guten Tag«. Ein herrlicher Tag!

Knorp lacht beim Anblick einer Gruppe von Menschen mit Picknickkörben. Kohlweißlinge flattern ihm durchs Hirn, während Mücken seinen Kopf umtanzen.

Mutter Natur. Knorps Frohlocken just in dem Moment, als ein Eichelhäher sich kreischend herabstürzt, um knapp über Knorp aufzusteigen, dessen Kopf nun etwas Nasses streift. Knorp steuert eine Weggabelung an.

Ab in die Ödnis, dorthin, wo ihn keiner sieht! Er zieht ein Stofftaschentuch aus seiner Jackentasche, wischt sich über die kahle Stirn.

»In anderen Kulturen reichen Vogelschisse. Doch auch wenn Sie jetzt im Glück schwimmen, werter Herr Knorp, nehmen Sie doch bitte den Mopp zur Hand und wischen den Boden.«

Knorp setzt sich auf einen Stein. Vielleicht wollte ihn der Eichelhäher daran erinnern, dass er sich endlich auf die Suche nach dem Moorreiher begeben soll.

Er öffnet den Rucksack, holt seine Mundorgel heraus und stimmt ein Lied an.

Die Wasserflasche geleert, doch keine Quelle weit und breit. Menschen wie Knorp haben schon Schlimmeres überstanden als einen Spaziergang in der Hitze.

Er denkt an Frau Peters Geschwätz, an ihre rücksichtslosen Aufdringlichkeiten, mit denen sie ihn gleich am ersten Morgen belästigt hatte: »Mein Mann war kein Geher, Herr Knorp, sondern ein Sesselpupser. Einer, der seinen Arsch nie vom Sofa hochbekam.«

Knorp hatte den Blick auf den Boden gesenkt, als wäre Herrn Peters Seele in ihn gefahren.

Blödsinn, denkt er. Zeit, endlich etwas zu trinken, man gerät ja verstandesmäßig schon aus der Bahn.

Sein Kopf fertigt eine Liste an, einen Plan für die nächsten Tage – mit dem Moorreiher an erster Stelle.

Knorp fühlt leise Vorfreude in sich aufsteigen. Wäre da nicht der Durst, würde er am liebsten laut schreien. Er lacht, denn er hat tatsächlich noch nie laut geschrien, nicht mal damals, als er den Klagau und die Bube im Archiv entdeckte. In der schmalen Reihe zwischen den Buchstaben A - K. Er war früher als sonst aus der Mittagspause zurückgekommen, weil ihm übel geworden war. So geriet er in diese geschmacklose Situation.

Knorp wischt das Bild weg, als befreie er sein geistiges Auge von Staub. Sieht die Blüten der Pusteblumen sich auflösen, ihre Einzelteile einsamen Zellen gleich gen Himmel fliegen. Er marschiert weiter, eins mit dem, was ihn umgibt: endloser Mais, schulterhoch, wie mit der Wasserwaage gepflanzt.

Jetzt erreicht er eine Straße. Knorp ignoriert die Erleichterung, denn einem Knorp jagt die Natur keinen Schrecken ein. Zumindest nicht mehr als der Mensch.

Souvenirgeschäfte, Cafés, ein Postamt. Man könnte eine Karte schicken. Knorp denkt an die Bube und den Klagau, sieht sie förmlich ihre Hälse recken über dem Poststempel.

Im Drogeriemarkt sucht er zwei Dosen Ohropax und stilles Wasser. Seine Stirn blinkt ihm aus runden Kosmetikspiegeln entgegen. Knorp würde gern einen Beutel über den Kopf ziehen, hat er doch glatt vergessen, sich die Landsonnencreme zu kaufen, *eine zweite Haut für die Ferien im Freien*, wie es im Schaufenster seiner Stammapotheke hieß.

Es dauert eine Weile, bis Knorp die Pferdeweiden findet. Die Nadel spielt verrückt, vielleicht liegt es an der Sonne, vielleicht aber auch an Knorp, dessen Kompassgebrauch sich nur auf wenige Urlaubswochen im Jahr reduziert.

»Wie sehen Sie denn aus, Herr Knorp?« Die Peters fläzt auf einer Liege vor dem Haus. Gott sei Dank hat sie sich etwas übergezogen, eine farbenfrohe Tunika, wie man sie wohl in Afrika trägt. Jetzt springt sie auf.

»Legen Sie sich in den Schatten. Ich werde Sie verarzten.«

Knorp schüttelt den Kopf, doch ein energischer Druck auf die Schultern lässt ihn herabsinken.

Ein Nickerchen – das wäre jetzt was. Kurz darauf der säuerliche Geruch einer Masse, die ihm jemand ins Gesicht klatscht.

»Quark, Herr Knorp.« Das Lachen der Peters durch seine geschlossenen Augen.

Als wäre man gelähmt. Knorps Glieder verharren in dieser unbequemen Position. Auf dem Rücken wie ein Soldat, obwohl er doch Seitwärts-Schläfer ist, ein Dreher sogar.

Manchmal denkt Knorp nachts an Alligatoren, die um die eigene Achse rotieren, hauptsächlich mit dem Ziel, ihre Beute in die Bewusstlosigkeit zu treiben.

»Ruhen Sie sich aus, Herr Knorp, und kommen Sie erst mal richtig an.«

Sie wickeln die Beute ein, bevor es ihr an den Kragen geht. Vielleicht sollte er keine Dokumentationen mehr sehen.

Die Peters stellt ihm einen frisch gepressten Orangensaft nebst Strohhalm hin.

»Genießen Sie Ihren wohlverdienten Urlaub, Herr Knorp.«

Ihm wird schummrig. Hunderttausend Karteikästen beginnen vor seinen Augen zu tanzen. »Knorp! Komm heim!«, krächzt eine Stimme.

Knorps Mundwinkel zucken, als würde er sich gerade daran erinnern, dass der Wellensittich nicht mehr lebt, dass sein Willi gestorben war in der Hand der Mutter, während die seinen Schnabel einsalbte.

Die Mutter war eine grobe Person, denkt Knorp. Dann fällt er in tiefen Schlaf.

der ampfer so sauer
das gras hoch und satt
es mäht erst der bauer
danach ist er matt

17. Juli

Er hatte seinen Wecker auf Fünf gestellt, um unbehelligt ins Bad zu kommen. Jetzt aber dalli, springt er im weißen Nachthemd die Treppe hinauf. Unter dem Arm die Kleidung, mit der er in einen frischen, hoffentlich einsamen Tag starten wird. Nur er und der Reiher.

Fast auf Augenhöhe, denkt Knorp, dem die Ehrfurcht vor göttlichen Wesen noch nicht abhanden gekommen ist, im Gegensatz zu manch anderen, deren Naturverständnis sich auf Hund und Katz beschränkt. Auf niedere Wesen, wie der Mensch es ist. Auf Kriecher, Schleicher, Trampler, nicht aber auf engelsgleiche Federträger, die erhaben über uns kreisen, dem Himmel so nah.

Knorp wundert sich über seine Gedanken, über das gleichmäßige Tschilpen. Jetzt erst entdeckt er den Vogel vor der Badezimmertür.

Knorp bleibt wie angewurzelt stehen. Versucht, den Spatz mit einem ungeübten »Tschilp!« von der Tür weg zu locken.

Es geht ihm dabei weniger um die Unversehrtheit des Vogels als um die eigenen Belange: endlich so schnell wie möglich, ASAP, wie die Bube es formulieren würde, seine Morgentoilette zu verrichten.

Der Spatz lässt sich von Knorps dilettantischen Zwitscherversuchen nicht ins Bockshorn jagen, scheint sogar mit gewisser Häme zu beobachten, wie der alternde Mann vor ihm auf die Knie geht, seine Hand ausstreckt und Zeigefinger und Daumen gegeneinander reibt. Wie er seine Lippen zu einem seltsamen Sing-Sang spitzt, während das Gesicht dunkelrot über dem bleichen Nachthemd leuchtet.

»Der frühe Vogel fängt den Wurm, was, Herr Knorp?«

Knorp fährt herum, sieht Frau Peters im Kimono aus ihrem Zimmer treten, lange Locken bis auf die Schultern und noch weiter herab.

Knorp will in die Vertikale gehen, bleibt jedoch im Stadium des Knienden stecken.

»Sie scheinen sich ja mit Vögeln auszukennen.«

Knorp denkt an Willi. Dann versucht er, sich auf beschriftete Ordner zu konzentrieren, auf Karteikästen mit Buchstaben wie X, Y und Z.

Wer heißt wie X? Wer oder was soll sich in solch einem Kasten schon befinden?

Er will das Wort »Xantippe« rufen, beinahe aus sich herausbrüllen. Ein Wort mit X, das ihm sonst nie in den Sinn gekommen war.

Der Spatz tschilpt, hüpft ein wenig zur Seite und neigt den Kopf. Er lässt Knorp keine Sekunde aus den Augen. Man könnte ein Bettlaken über ihn werfen, denkt dieser.

»Tiere sind schlauer als wir denken. Kommen Sie!« Frau Peters öffnet ein Fenster, lockt den Spatz mit zirpenden Tönen in ihre Richtung, weicht auf Zehenspitzen zurück. Sie winkt Knorp zu sich heran, der nun kniend in ihre Richtung rutscht.

Irgendetwas läuft falsch. Knorp greift nach der Tüte mit seinen Sachen, er hatte sich den Morgen ganz anders vorgestellt. Manchmal möchte er die Zeit zurückdrehen. Heute würde ihm schon eine halbe Stunde reichen, um das Glück perfekt zu machen. Oder das Unglück in Schach zu halten, je nachdem, wie herum man es betrachtet.

»Sehen Sie? So einfach geht das! Die Natur braucht uns gar nicht.«

Der Spatz war hinausgeflogen, einfach so aus dem Fenster, als täte er tagein tagaus nichts anderes.

Knorp ärgert sich über Frau Peters Spruch. Schwatzhafte Menschen wie sie haben keine Ahnung von der Natur, sind eher Naturstörer, Verstörer. Menschen, die die Natur totreden, sie ersticken, die den Naturkreislauf wie der berühmte Sand im Getriebe zum sofortigen Erliegen bringen.

»Nur zwei Minuten!« Die Peters verschwindet hinter der Badezimmertür.

Knorp spürt, wie sich etwas in ihm regt, weil er doch als Erster hätte ins Bad stürmen sollen.

»Zwei Liter Wasser! Trinken Sie Herr Knorp! Damit Sie uns nicht vertrocknen.«

Er starrt aus dem Fenster. Alles wird gut. Heute ist der große Tag, heute heißt es, sich auf einsamen Pfaden durch das Moor zu schlagen. Sich beweisen, dass man in der Lage ist, der Natur zu trotzen, ohne sie zu bezwingen.

Das Trällern und Wasserrauschen sind Knorp nicht geheuer. Ihm fällt auf, dass er ja noch immer sein

Nachthemd trägt. Er schlüpft in die Cargo-Hose, versucht, den unteren Teil des Baumwollstoffes hineinzustopfen. Eine dicke Wulst in Hüfthöhe macht aus ihm ein Michelin-Männchen.

Endlich tritt die Peters aus der Tür, einen Frottee-Turban auf dem Kopf, lädt sie Knorp mit ausladender Geste zum fliegenden Wechsel ein.

Das Bad ist eine Welt für sich. Ein Hort der Puderquasten, falschen Wimpern, Döschen und Düfte.

Knorp versucht, sich vom Intimleben der Frau Peters zu lösen, als er bei einem Rasierer hängenbleibt.

Warum bewahrt sie Toilettenartikel ihres verstorbenen Gatten, des Sesselpupsers auf? Und warum ist der Pinsel nass?

Ob sie ihn womöglich selbst benutzt? Vielleicht gehört sie ja zur Spezies Frau, die ihrer Körperbehaarung an den Kragen geht.

Knorp denkt an Damenbärte, kontrolliert, ob er das Bad auch wirklich verschlossen hat. Dann schiebt er die Tür der Duschkabine zur Seite, deren Milchglas, unabhängig von der Perspektive, alles möglich macht.

Knorp wischt die Bube, die Peters und flüchtige Gedanken fort, konzentriert sich lieber auf Waschutensilien am Wannenrand. Er hat doch glatt vergessen, seinen Kulturbeutel mitzunehmen. Nach aufkommendem Ärger über so viel Nachlässigkeit beschließt er, sich vom Duschbad der Wirtin etwas zu leihen, Shampoo benötigt er keins.

Knorp lässt warmes Wasser über den Kopf laufen, reibt seinen Körper mit Mandelmilch ein. Ein Vorgang, der ihn auf die Idee bringt, die Waschung verbinde ihn mit der Duschbadbesitzerin. Eilig stellt er die Flasche auf ihre ursprüngliche Position. Es wäre ihm höchst unangenehm, wenn die Peters herausfände, dass er sich an ihrem Duschbad bedient – ausgerechnet er, der doch im Archiv nur seine eigene Seife benutzt, die er unter dem Buchstaben Y vor fremdem Zugriff verbirgt. Eine maritime Flüssigseife, blau wie der Inhalt der WC-Ente.

Nass steht er auf rutschfesten Wolken. Denkt an den Stoß flauschiger Handtücher, die ihm die Wirtin in die Arme drückte. Alle zwei Tage, kündigte sie an, würden sie gegen neue ausgetauscht. In Hotels dagegen sei es heutzutage normal, zum Schutze der Umwelt, Handtücher gar nicht mehr zu wechseln.

Heute ist der dritte Tag, rechnet Knorp. Seine Handtücher hängen noch am Waschbecken im Zimmer. Er stößt einen tiefen Seufzer aus. Also lufttrocknen. Die Hitze tut ihr übriges und auch das Nachthemd, mit dem er über erschlaffte Körperpartien streicht.

»So können Sie aber nicht unter die Leute!«

Knorp sieht an sich herunter. Es fällt ihm nichts Besonderes auf: Seine Kleidung ist sauber, das Hemd bis oben zugeknöpft. Die Peters dagegen ganz offenherzig.

Warum sie solch hohe Schuhe trägt, fragt sich Knorp. Hier auf dem Land, wo keine Menschenseele Notiz von ihr nimmt. Höchstens ein paar Pferde.

»Sie haben einen Sonnenbrand, Herr Knorp. Bleiben Sie heute lieber zu Hause. Wie wär's mit einer Partie Mensch ärgere dich nicht?«

Knorp schüttelt den Kopf. Etwas Neues meldet sich in ihm: der Drang, die Dinge selbst in die Hand zu nehmen. Vor allem aber sein Leben. Und eine Tasse Kaffee. Keine Bube hat ihm etwas vorzuschreiben, und auch keine Peters. Niemand wird ihm sagen, was er zu tun und lassen hat.

»Heute gibt es keine Brötchen, Herr Knorp, dafür Cerealien. Ganz im Sinne der Gesundheit.«

Knorp hatte sich schon gewundert, warum der Brotkorb fehlt, auch Aufschnitt und Marmelade.

Cerealien. Früher sagte man »Haferflocken«, und es schmeckte genauso fad. Ohne die Bube hätte er sich jetzt ganz schön blamiert. Er hätte hinter Cerealien sonst was vermuten können. Anders geformte Croissants. Mit Schinken gefüllte Teigtaschen. Irgendetwas, das die Peters erst noch hätte vorbereiten müssen. Mixed Pickles oder Schnittchen.

Zu den Dienstbesprechungen hatte sich die Bube ihre albernen Porzellanschalen mitgebracht: Herzen für den obligatorischen Milchkaffee, Grinsegesichter für Cerealien.

Während Nüsse krachend zwischen Zähnen barsten, litt Knorp wie ein Hund. Besonders Haselnüsse und Mandeln, und wäre er mutiger gewesen, hätte er sie gebeten, auf Früchtemüsli umzusteigen. Doch der Klagau schoss den Vogel ab! Knorp fragte sich, welcher Sadist eigentlich Cornflakes erfunden hatte.

»Fett- und cholesterinfrei. Etwas Besseres gibt es nicht.«

In diesen Momenten stellte sich Knorp vor, wie es wäre, einen Menschen zu töten.

»Dazu am besten frische Milch, Herr Knorp. Die macht müde Männer munter.«

Knorp denkt an Kühe, an elektrische Zäune. Auf einmal vergeht ihm der Appetit.

Fast hätte er vergessen, dass er sich von niemandem mehr etwas vorschreiben lässt, erst recht nicht von der Peters, die noch nicht einmal seine Handtücher ausgewechselt hat. Geschweige denn das Bad geputzt. Er wird sich heute gleich ein Keimfrei kaufen, in diesem Fremdenhaus, so hatte er gehofft, sei ein Desinfizieren nicht notwendig.

»Sie haben ja Ihren Rucksack dabei. Wollen Sie unsere schöne Natur erkunden?« Die Peters rückt ihm gefährlich auf den Pelz. »Schicker Rucksack übrigens. Bestimmt wetterfest. Cremen Sie ihn bloß ein!«

Knorp hasst Augenzwinkern. Augenzwinkernde Menschen wirken anstößig. Nie weiß man, was ernst gemeint ist, und was nicht. Die Bube zwinkerte ständig. Man hätte, denkt Knorp schadenfroh, eine generelle Nervenstörung vermuten können.

»Und ich werde jetzt in Ihrem Zimmer Ordnung schaffen. Wie ich Sie einschätze, ist das auch dringend notwendig.«

Da war es wieder, dieses Zwinkern. Knorp beschließt, sich davon nicht beeindrucken zu lassen. Er hat seine Sachen sorgsam in den Schrank gesperrt und den

Schlüssel abgezogen. Auch sein Bett ist schon gemacht, damit sie nur noch darunter staubsaugen muss.

»Es klappert die Mühle am rauschenden Bach.« Kein Wind, keine schlagenden Flügel, dafür ein brummender Traktor in der Ferne. Und ein roter Horizont, der die Landschaft ins Surreale taucht, in eine Vergeblichkeit, die vergebens bleibt.

Knorp würde am liebsten seine Hände falten. Es ist lange her, dass er ein solches Naturereignis erleben durfte, obwohl ihm die Röte Angst macht. Als hätte sich der Himmel entzündet.

Knorp denkt an seinen Hals, an dicke Mandeln, wenn er mal wieder Zugluft abbekommen hatte. Doch das Gezwitscher der Vögel lässt ihn nicht nur durchlebte Anginen verdrängen, sondern auch die Tatsache, dass er seine Infrarot-Lampe zu Hause vergessen hat. In der Schrankwand, die ihm vor dem dramatischen Himmel wie das Relikt einer sehr fernen Zeit erscheint. Einer Zeit, in der er sich einsam fühlte.

Knorp wundert sich über diese Erkenntnis. Der Urlaub scheint ihm gut zu tun, trotz der Peters.

Ob Pferde im Stehen schlafen? Friedlich sehen sie aus, um einen Baum gescharrt, als hätten sie sich verabredet.

Gebrauchsreiten, hatte die Peters erzählt, nie Turnier. Sie stelle sich vehement gegen jede Züchtigung von Tieren, zu welchem Zweck auch immer. Französisches Gebrauchsreiten habe sie bis zum Tod ihres Mannes praktiziert, das englische Turnierreiten sei ihr zuwider.

Knorp überlegt, wie sie wohl mit ihren hohen Schuhen auf den Rücken des Tieres kam. Er selber hätte den Mut nicht, hatte lediglich einmal als kleiner Junge auf einem elektrischen Schimmel Platz genommen. Für einen kurzen Augenblick, denn als die Mutter zehn Groschen in den Metallschlitz warf, wurde er mit einem heftigen Ruck auf das Pflaster geschleudert – direkt auf den Hosenboden, was vielleicht seine Rettung war.

Zuerst hatte er schon einen Schrecken gekriegt: Der Mann hinter dem Baum sah aus wie der Klagau.

Beim Näherkommen stellt Knorp beruhigt fest, dass sich hier kein schwarzer Schnauzer über zusammengepresste Lippen wölbt, dafür das Haar wie zwei Hörner nach oben. Knorp grinst in sich hinein.

Der Mann zuckt nicht mit der Wimper, scheint aber Knorp ins Visier genommen zu haben, als dieser versucht, unauffällig an ihm vorbeizugehen.

Er muss eine Grundausbildung absolviert haben, denkt Knorp. Dieses Geradestehen ist dem Menschen nicht in die Wiege gelegt worden. Entweder Rückratverkrümmung oder aber Bewacher königlicher Paläste. Er stellt sich den Mann mit einem schwarzen Puschel auf dem Kopf vor, einem dieser Helme, die man in England trägt, jedoch nicht während des Turnier-Ritts.

»Sie sitzen zu viel, Herr Knorp! Der Mensch ist Jäger und Sammler. Wir sind für die Bewegung gemacht.«

Der Orthopäde hatte ihn zur Krankengymnastik geschickt, wo sich die Physiotherapeutin über seine

Angora-Unterwäsche lustig machte, was Knorp veranlasste, von weiteren Besuchen Abstand zu nehmen.

Ein Hinweisschild wäre besser, denkt Knorp, ein grüner Pfeil Richtung Reiher. Vielleicht hat es ja eine Bedeutung, dass der Puschelmann genau hier an dieser Stelle steht.

Knorp denkt an nonverbale Kommunikation und dass die Bube einen ganzen Vortrag darüber gehalten hatte. Der Begriff »nonverbal« hatte sich in Knorps Hirn gebrannt, er mochte ihn, auch wenn man seine Bedeutung weniger ausholend hätte erläutern können. Wie viele Worte mag die Bube verwendet haben, um ihren Zuhörern das Schweigen zu erklären?

Die Allee führt ihn auf eine Anhöhe. Sanft streicht der Wind durch Wipfel. Knorp stellt sich vor, wie es wäre, dort oben zu sitzen. Nur auf einem Hochstand weiß man, wie es sich anfühlt, Vogel zu sein. Oder von der obersten Plattform eines Aussichtsturms, die jedoch meistens geschützt ist, für den Fall, dass sich am Ende doch noch jemand mit einem Vogel verwechselt. Jetzt flüchtet Knorp, wie vor diesem Gedanken, immer weiter in die Natur hinein.

Hügelige Wiesen, so dass der Eindruck entsteht, etwas sei schief. Oder man selbst. Ein verschobenes Bild, womöglich bedingt durch Kurz- oder Weitsichtigkeit. Die Anordnung nicht ebenerdig, wie sie sein sollte, um das Auge und sich selbst daran zu gewöhnen.

»Du, Rothaut?« Ein Gorilla springt aus einem Gebüsch hervor, Pfeil und Bogen auf Knorp gerichtet. Dem entfleucht ein peinliches Geräusch. Er reißt die

Hände hoch, als die Erscheinung mit lautem »Yippie!« auf ihrem Luftpferd das Weite sucht.

Knorps Herz galoppiert. Das Wort Kammerflimmern leuchtet über die Prärie. Es sind solche Momente, die über Leben und Tod entscheiden, wenn das Unvorhergesehene wie ein Blitz ins eigene Dasein kracht. Oder wie eine Pressereferentin, die plötzlich aus ihrem Büro geschossen kommt, genau in dem Moment, in dem man schon ein paar Schritte weiter ist. Beim Archiv, den Buchstaben und der Stille. Wenn ihr lautes Gackern durch den Flur hallt, dieses Schrille, das sich einem unter die Haut fräst.

Knorp versucht panisch, zu seiner Gelassenheit zurückzufinden. Legt die Manschette des Blutdruckmessgeräts um seinen Oberarm, pumpt und beobachtet, wie sich der Zeiger langsam einpendelt: 240 zu 80. Er konzentriert sich auf den Reiher. Alles andere ist jetzt egal.

Bergauf und bergab. Soweit ihn die Schuhe tragen, zwischendurch auch mal flankiert von Wald. Plötzlich, mitten im Grün, ein Steg, von dem ein Mann seine Beine über einem umgedrehten Holzboot baumeln lässt. Ein Fuß in einem Ski-Schuh: »Moor: Room.«

Roomservice. Knorp denkt an Frau Peters, an Seidenkimonos und Rasierer. »Yes«, würde er sagen. »More room.«

»My moor is my castle.« Mit ausladender Geste lässt der Mann seinen Arm über die Landschaft gleiten.

Knorp war nie eine Leuchte in Englisch, das Wort Roomservice hatte er mal irgendwo aufgeschnappt.

Aber er liebt Dokumentationen. Berichte über ferne Tierwelten. Manchmal tauchen darin auch Menschen auf. Dann wird es lästig. Dann wünscht sich Knorp am liebsten eine Störung herbei und würde den Bildschirm so lange nicht abstauben, bis nur noch Schnee zu sehen ist. So wie früher, als es plötzlich in der Nacht zappenduster war. Als Worte wie Flimmerkiste noch Bestand hatten und die Verlässlichkeit.

»Moor and Moor«, sinniert der Mann und kratzt sich an seiner lustigen Hörnermütze.

Wikinger, denkt Knorp. Kaum dreht man sich um, holen sie schon den Knüppel aus dem Sack. Er versucht ein Lächeln, nicht zu einladend, aber auch nicht zu abweisend, denn Vorsicht ist die Mutter der Porzellankiste.

Knorp greift nach seinem Hut, streift den Mann aus den Augenwinkeln und setzt sich in Bewegung.

»Where do you go?«

Sie lacht: »Ich wollte gerade eine Vermisstenanzeige aufgeben.«

Knorp stellt sich vor, wie seine Personenbeschreibung von Schildern, Baumstämmen und den Eingängen der Souvenirläden prangt.

Er ignoriert die einladende Geste der Zimmerwirtin. Es duftet nach Braten, Knorp presst ein entschuldigendes Brummen heraus, bevor er die Treppe hinaufsteigt.

Eine glattgestrichene Tagesdecke, drei Handtücher im Quadrat. So einen Ordnungssinn hätte er Frau Peters gar nicht zugetraut. Knorp sieht sich erfreut in seinem Zimmer um.

Er will die Vorhänge schließen, stutzt aber beim Anblick eines Fliegenbandes, das vom Fenstersims herabhängt. Das Wort Unmensch wird mit der Witwe in Verbindung gebracht. Knorp reißt den Streifen herunter. Er klebt an seinen Fingern, zwei Mücken haften schon daran und landen nach mehreren Versuchen im Papierkorb.

»Der Rehbraten ist gleich fertig, Herr Knorp!« Wilder Duft umschmeichelt ihn.

Knorp denkt an Preiselbeeren. Ignoriert den Jäger, der sich lautlos an sein Ziel heranpirscht, durch den Gewehrlauf blickt, um im richtigen Augenblick den Hahn zu ziehen. Knorp denkt: Ein frisches Hemd zur Feier des Tages!

Er öffnet den Schrank. Entdeckt Unterhosen in Fünfeckfaltung, geöffnete Hemdsärmel. Knorp glaubt nicht an Heinzelmännchen, auch nicht an andere Wesen wie Hausgeister oder Kobolde. Knorp ist Realist, mehr noch: Verstandesmensch.

Das Schloss war nicht aufgebrochen, also besitzt die Peters einen Zweitschlüssel, mit dem sie ihren »Gästen« hinterherspioniert. Er wird sie zur Rechenschaft ziehen, sich über ihr dreistes Verhalten beschweren. Die entsprechenden Schritte einleiten.

Knorp zieht Block und Stift aus dem Rucksack, notiert:

Sehr geehrte Frau Peters! Beim Öffnen des Schrankes, der sich in dem mir von Ihnen für die Zeit meines Auf-

enthaltes in Ihrem Gästehaus zugewiesenen Fremdenzimmer befindet, habe ich zu meinem großen Bedauern folgendes Vergehen Ihrerseits feststellen müss

»Herr Knorp! Der Rotkohl wird kalt!«

Da fällt ihm ein, dass er ja Vollpension gebucht hat. Alles bezahlt, und so leicht bekommt man heutzutage sein Geld auch nicht zurück, vom Rehbraten mal ganz zu schweigen. Er beschließt, die Wirtin zu bestrafen, indem er kein Wort mehr mit ihr redet. Keinen einzigen Ton!

Knorp schlüpft in sein Hemd, das sich anfühlt, als hätte es jemand anderes getragen.

»Ich hoffe, Sie mögen dazu Birnen mit Preiselbeeren.« Die Peters wirft ihm ein süßes Lächeln zu, Knorp läuft das Wasser im Mund zusammen. Wann hat er das letzte Mal so fürstlich gespeist? Er breitet die Stoffserviette über seinen Schenkeln aus, wartet, bis sich die Wirtin setzt und greift zum Besteck.

»Lassen Sie es sich schmecken, Herr Knorp! Ich weiß: Sie sind ein stiller Genießer.«

Am liebsten würde er die Augen schließen, als er den ersten Bissen zu sich nimmt. Das Fleisch zergeht auf der Zunge, der Rotkohl ist genauso gewürzt, wie er ihn von zu Hause kennt. Knorps Gabel teilt den Kloß, taucht ein Stück in die Soße.

»Haben Sie schon von den Ausstellungen gehört, Herr Knorp?«

Wenn sie nicht isst, wird ihr Essen kalt, denkt Knorp und dass Kühe in der glücklichen Lage sind, ihre Mahlzeiten wiederzukäuen.

»Starke Frauen. Es werden die Werke großer Malerinnen gezeigt. In der Großen Kunstschau und der Kunsthalle.«

Für Kunst hat Knorp keinen Sinn. Er ist mehr ein Mann der Fakten, ein Pragmatiker und Ordnungsmensch. Die Kunst dagegen erscheint ihm wie pures Chaos und somit überflüssig.

»Wie wär's mit Nachschlag?«

Knorp sagt nicht nein, hält Frau Peters seinen Teller entgegen, bedankt sich mit dem Anflug eines Lächelns.

»Freut mich, dass es Ihnen schmeckt. Es ist ja so, dass nicht jeder Ahnung hat von solch einem Essen. Sie müssen wissen, dass mein Mann zu Beginn unserer Ehe ein eifriger Jäger war. Wir gingen sogar gemeinsam zur Jagd. Können Sie sich das vorstellen, Herr Knorp?«

Er schüttelt den Kopf, versucht, die Worte von sich zu stoßen, grübelt, ob das Wild noch aus den Anfängen der Peterschen Ehe stammen könnte. Oder ob Frau Peters heute noch jagen geht.

»Es waren einzigartige Erlebnisse. Die Nächte im Teufelsmoor, Herr Knorp … Etwas Magischeres gibt es nicht, glauben Sie mir. Das bringt mich auf eine Idee: Lassen Sie uns doch mal zusammen eine Nachtwanderung machen!«

Knorp verschluckt sich, hüstelt.

»Warten Sie!« Die Peters stellt sich hinter ihn und klopft ihm auf den Rücken: »Sie müssen etwas trinken.«

Knorp greift nach dem Wasserglas, verschüttet etwas, bevor er den Rest in einem Zug leert.

»Besser?«

Er nickt. Sein Gesicht ist gerötet, der Kopf fühlt sich auf einmal ganz schwer an.

»Ich wollte nur sagen, dass wir so lange Wild gegessen haben, bis mein Mann seine Ernährung umstellte. Herzprobleme. Der Arzt sagte, es ist höchste Eisenbahn: Viel Sport. Keinen Zucker. Kein Fleisch.«

Sie schenkt sich nach. »Und keinen Alkohol. Wissen Sie, was dann passierte?«

Knorp grübelt, wie er den Nachschlag schaffen und das Hämmern in seinem Kopf abstellen kann.

»Er wurde zur Sportskanone!«

»Sie sollten Sport machen, Herr Knorp! Gehen Sie Laufen oder Radfahren! Sie sitzen zu viel. Den ganzen Tag im Archiv, so alleine …«

»Er kaufte sich ein Rennrad, zog sich das gelbe Trikot mit dem Namen einer Versicherung über und fuhr los!«

Gerade saust Herr Peters an Knorp vorbei, mit diesem gehetzten Blick, wie er all den gesponserten Leuten zu eigen ist, die durch die Natur hasten. Als wären sie auf der Flucht. Oder auf der Jagd mit ihren gepolsterten Radlerhosen.

Ein Horn bläst zum Halali, Knorps Ohren als Resonanzboden der Trompeten von Jericho. Ein Migräneanfall, und das ausgerechnet im Urlaub.

»Eigentlich wollte ich Sie heute noch ausführen, Herr Knorp. Ihnen ein bisschen Worpsweder Kultur zeigen.«

Auf Knorps Hals bilden sich rote Flecken, ihm wird übel.

»Wissen Sie, dass Sie gar nicht gut aussehen? Wahrscheinlich haben Sie sich heute übernommen. So einen Ausflug ins Moor sollte man nicht unterschätzen.«

Das Wort Moor scheint auf ihn einzuhacken, ihm die Schädeldecke aufzupicken wie ein besonders sadistischer Vogel. Knorp öffnet den obersten Knopf seines Hemdes, wankt benommen nach draußen.

»Rufen Sie mich, wenn ich Ihnen helfen kann!«

Ruhe, denkt Knorp. Er wird sich ins Bett legen und versuchen zu schlafen. Wenn er Glück hat, ist in ein paar Stunden alles vorbei.

das pferd denkt nicht
weiter
anders der reiter

18. Juli

Neuer Tag, neues Glück! Vielleicht sollte er heute einfach liegenbleiben. Er hatte sich schon immer mal vorgestellt, wie das so wäre. Einen Tag tatenlos vorbeiziehen lassen mit all seinen Schrecken und Freuden, all den Menschen, denen man am liebsten gar nicht begegnen möchte.

Es würde nichts passieren, denkt Knorp. Niemand würde seine Abwesenheit bemerken. Unbedeutender als ein Mistkäfer ist er oder ein Schlammpeitzger am düsteren Grund, dessen Anwesenheit sich wenigstens auf das Ökosystem auswirkt. Genauso wie sein Fehlen. Es gibt Lebewesen, deren Daseinsberechtigung naturgegeben ist, während der Mensch eine bürokratische Angelegenheit zu sein scheint.

Knorp denkt an hölzerne Karteikästen, in denen sich mit Reitern getrennte, sorgfältig beschriftete Karten befinden. Ob außer ihm noch jemandem aufgefallen war, wie sich die einzelnen Buchstaben auf der Zeile hielten? Wie stramm sie standen in Reih und Glied?

Hat sein Amt mit äußerster Sorgfalt ausgefüllt, denkt Knorp. Genauso hätte er es formuliert. Hätte er denn formulieren dürfen.

Das Federbett umhüllt ihm Körper und Kopf. Knorp denkt an ein Iglu – ob es darin genauso heiß ist?

Geteert und gefedert spukt ihm durch den Kopf, während eine Gruppe gerupfter Enten schnatternd über die Hamme schwimmt.

Die Phase zwischen dem Aufwachen und dem Einschlafen verwandelt den denkenden Menschen in ein lallendes Etwas. Ein kurzer Schnarcher, Knorps Polypen, die zu entfernen niemals Zeit war.

Keinen einzigen Tag gefehlt, dachte er, als er den Klagau mit weit aufgerissenen Augen anstarrte. Als er sich in einem Traum wähnte oder gar das Gefühl hatte, er sei noch nicht einmal geboren.

Der Klagau war ihm wie eine Muräne vorgekommen, die im entscheidenden Moment aus ihrer Höhle hervorgeschossen kam – ganz kurz hatte Knorp gegen eine Übelkeit ankämpfen müssen und gegen das Einschlafen. Vielleicht war es auch mehr ein Schwindel oder der Wunsch, dies alles möge sich in Wohlgefallen auflösen. Hätte es den Urknall nie gegeben, andererseits war dieses Klagau-Muränen-Gesicht Knorps persönlicher Urknall.

Der Klagau trug demnach Turnschuhe, denkt Knorp, er hatte einen sogenannten Casual Day eingeführt. Freitags gab man sich salopp.

Knorp trat auf der Stelle, spürte, wie der Schweiß sich seinen Weg bahnte. Unter den Achseln, wie er plötzlich in seiner dicken Strickjacke zu schwitzen begann. Er wollte sich nicht vor dem Klagau entblößen, wollte die Schweißflecken unter seinen Achseln für sich behalten und hoffte auf Erlösung.

Alles nur ein Traum. Das ganze Leben nur geträumt, und eines Tages wird sich der verwunderte Schläfer die Augen reiben.

»Besitzen Sie keine Jeans, Herr Knorp? Ihre Stoffhosen sehen so förmlich aus.«

Er würdigte die Bube keines Blickes. Was hatte sie in seinem Kleiderschrank verloren? Was wusste sie schon, wie es sich anfühlt, wenn man nach getaner Arbeit aus kratzigem Jersey in Bundfaltenhosen schlüpft, wenn sich weicher Cord an die Haut schmiegt. Wie Samt. Knorp denkt an sich stapelnde Brokatkissen aus seiner Kindheit.

Genug gefaulenzt! Er streicht über das Federbett, in der Hoffnung, die Wirtin wird den Fleck auf dem Bettlaken übersehen, der bis dahin mit etwas Glück trocknet. Wie die Konturen einer Schnecke, es ist das erste Mal, das er etwas Leibhaftiges darin erkennt.

Der Reiher ruft. Heute wird Knorp direkt losmarschieren. Mit leerem Magen, doch voller Tatenkraft wird der Tag beginnen, der ihn ans Ziel seiner Sehnsüchte bringt.

Heute endlich wird er den König der Reiher vor das Teleskop zoomen, wird sein Blick über silberne Federn wandern, über hohen Himmel und einsames Moor.

»Könnten Sie mir mal kurz helfen, Herr Knorp?«

Manchmal wünscht sich Knorp eine Tarnkappe herbei. Oder etwas Überirdisches, das die Aufmerksamkeit von ihm ablenkt. Ein Ufo, eine Bombe … Nein, so weit würde er nicht gehen, für eine kurzen Augenblick explodiert der Reiher vor seinem inneren Auge.

Eine mit lachenden Tomaten gemusterte Küchenschürze wickelt sich um Frau Peters Hüften. Die rechte Hand der Zimmerwirtin liegt auf einem Stück Schinken, Schwarzwälder, wie Knorp glaubt, die linke auf der Ablage einer metallenen Schneidemaschine.

»Das gute Stück wurde heute geliefert!« Die Wirtin strahlt ihn an.

Knorp weiß nicht, ob die Rede vom Schinken ist oder von der Maschine, er spürt, wie ihm das Wasser im Mund zusammenläuft. Er denkt an Tannen, rote Bollenhüte, an Torten und Berge. Der Duft des Schinkens brennt sich in seinen knurrenden Magen ein.

»Was meinen Sie, Herr Knorp: Ob die Scheiben wohl die richtige Stärke haben oder sind sie zu dünn?«

Knorp zögert. Auch wenn er in seinem Privatleben Entscheidungsträger ist, lässt er sich nun von den Bewegungen der Frau Peters hin- und herreißen. Wie ihre Finger das saftige Schinkenstück berühren, mehr noch: im Griff haben, die linke Hand die Scheiben hochhält und auf einen Teller legt. Rechts, links … Eins, zwei, drei.

Erst jetzt bemerkt er die Musik im Hintergrund: Wiener Walzer.

»Der Plattenspieler meiner Mutter,« lächelt Frau Peters. »Jeden Tag hatte sie diese Schallplatte im Heim gehört, immer diesen Wiener Walzer. Finden Sie ihn nicht auch schrecklich?«

Knorp räuspert sich, zieht seinen Bauch ein. Er persönlich mag ja am liebsten Marschmusik. Er beobachtet, wie dünne Scheiben im Dreivierteltakt entstehen, als bewegten sich Fleisch und Musik aufeinander zu. Als hätte die Zimmerwirtin den Walzer speziell für das Schinkenschneiden ausgewählt.

Einen abstoßenden Augenblick lang kommt ihm Frau Peters Mutter in den Sinn und Knorps Blick fällt auf den Schinken, der immer weiter schrumpft, bis nur noch Schwarte von ihm übrigbleibt.

»Tut mir leid, dass es heute mit dem Frühstück etwas länger dauert, Herr Knorp!«

Knorp lächelt nachsichtig, bevor er zur Haustür eilt. Er erhascht den verdutzten Blick der Zimmerwirtin, zieht die Tür zu und rennt in den öffentlichen Raum.

Die Birken sind hier viel weißer als in seiner Stadt. Zwischen Baumstämmen und Blättern nebulöser Horizont.

Alles ist eins, denkt Knorp, der Übergang fließend. Weiße Birken, Weite und alles endlos. Einen kurzen Augenblick lang macht er sich vor, dies sei der Himmel, das Paradies. Nur ein paar Wolken, doch auch die wie gezeichnet.

Vielleicht ist dies gar nicht das wahre Leben, lacht Knorp. Vielleicht beginnt mit dem Eintritt in den Birkenwald eine neue Zeitrechnung. Ein Zeitverlust.

»Optimieren Sie sich! Es geht darum, Arbeitsabläufe so ökonomisch wie möglich zu planen. Zeitmanagement, Herr Knorp!« Der Klagau hatte auf Knorps

Schreibmaschine gestarrt, als wäre sie eine gehäutete Natter.

Was hat der Mensch in der Stadt verloren? Hier wartet das wahre Leben, die gute Luft! Knorp atmet tief ein, ignoriert den Gülleduft.

Es knackst unter seinem Fuß, anders als feines Gehölz. Kein Dach mehr über dem Kopf. Er könnte das Leiden der Schnecke verkürzen.

Schleimige Schuhprofile ziehen eine Spur durch das geistige Gästehaus – von der Haustüre bis nach oben in sein Zimmer.

Sein Fuß schmerzt, als ob die Schnecke ihm auf die Füße getreten wäre. Warum auch müssen sie ihr Haus auf dem Rücken tragen?

Seine Gedanken wandern zu Frau Peters, die im Dreivierteltakt Scheibe für Scheibe schneidet. Knorps Beine wiegen über das Moos: eins, zwei, drei … eins, zwei, drei …

Vielleicht bildet er es sich auch nur ein. Doch der Rhythmus setzt sich in seinem Kopf fest, führt ihn zu Frau Peters Mutter, die, eins, zwei drei, in ihrem Heimzimmer wartet. Rosige Wangen, ein hellblaues Bettjäckchen, geraten Beine in Bewegung, dreht sich die Alte im Raum durch eine Vergangenheit, die ihr wie Gegenwart erscheint.

Es duftet süßlich im Birkenwald, weißes Haar rauscht durch Chlorophyll.

»Haben Sie meine Katze gesehen?«

Er war schon eine ganze Weile gewandert, es fühlte sich an, als hätte er heute wieder kein Glück mit dem Reiher.

»Sie ist weiß und hat schwarze Flecken.« Das Mädchen betrachtet ihn hoffnungsvoll.

Wenn es menschelt, dann sucht er das Weite. Bereits der Begriff menscheln. Die Bube hatte ihn mal in einer Pressekonferenz erwähnt, Knorp musste seinen obersten Hemdknopf öffnen, etwas schnürte ihm die Luft ab.

»Da bist du ja, Mitzi!«

Knorp versucht, die Katze zu ignorieren, die ihm gefährlich nahe kommt. Jetzt scharwenzelt sie auch noch um sein Bein herum. Knorp würde sie gern mit seiner Fußspitze von sich stoßen, aber er starrt in den Himmel, als gäbe es weder Katze noch ihn.

»Haben Sie auch eine Katze?«, fragt das Mädchen.

Knorp schüttelt vehement den Kopf, in dem sich eine hässliche Szene abspielt: Wie die dicke Bube-Katze eines Tages mitgebracht wurde. In einem Korb, als wäre sie ein rohes Ei. Wie sie ihn hämisch grinsend durch ihr Gitter beobachtete, die Haare aufstellte.

Knorp ahnte, dass ihre Anwesenheit sein Archiv auf den Kopf stellen, darin obszöne Spuren hinterlassen würde. Eine durchgeknallte Bürokatze: Erst Hormonspritzen, dann wurde sie eingeschläfert. Warum die Bube sich ausgerechnet bei ihm ausheulen wollte?

»Normalerweise ist sie schüchtern, aber Ihnen scheint sie zu vertrauen.« Das Mädchen lächelt ihn freundlich an.

Vertrauen. Ein starkes Wort, ist das Leben doch ein einziges Auf-der-Hut-Sein. Reicht man den kleinen Finger, denkt Knorp und spürt eine große Erschöpfung.

»Ich geh dann mal weiter. Sie wissen ja, wie Sie wieder auf die Straße kommen: Immer geradeaus!«

Er versucht ein Lächeln. Die Katze mauzt in seine Richtung, dann weckt ein Admiral ihre Aufmerksamkeit.

Manchmal läuft Knorp im Traum mit einem Schmetterlingsnetz durch das Archiv, weil sich ein Nachtfalter darin verfangen hat.

»Wir haben schon auf Sie gewartet, Herr Knorp!«

Er könnte jetzt einfach weitergehen, die Stufen hinauf in sein Zimmer. Er würde die Tür schließen, sich auf das Bett legen und an einen anderen Ort träumen. Ins Moor, wo er von einem geschütztem Platz aus den Reiher heranzoomen würde. Mit seiner Digitalkamera kann er auch Filme drehen, den Moorreiher mit nach Hause nehmen, zum ständigen Abruf bereit. Dann würde es an der Tür klopfen, ein: »Ist etwas passiert, Herr Knorp?«

Fünf Damen fläzen auf der Sofalandschaft. Knorp wird von Frau Peters ins Wohnzimmer geschoben. Vielleicht ist es auch nur ihr Cognac-Atem, der ihm in den Kragen weht.

»Wir feiern das fünfjährige Bestehen unserer Gruppe«, erklärt Frau Peters.

Eine Dame reicht Knorp einen Schwenker, die anderen prosten ihm zu, und Knorp fragt nicht nach Sinn und Zweck dieser Gruppe. Er denkt an Casual Fridays, die im allgemeinen Sekt-Gelalle enden, in einer nie gesehenen Schamlosigkeit.

Knorp kennt kaum Gruppen, nur den Wander- und Vogelfreunde e.V. und ganz früher noch einen Verein zur frühkindlichen Gesangsförderung, den er jedoch nicht allzu lange besuchte.

Die Zimmerwirtin bringt einen Teller mit Schinkenblüten herein, stellt ihn neben den Käse-Igel, der Knorp argwöhnisch beäugt.

»Hinreißend!«

»Ein richtiges Kunstwerk!«

Die Damen greifen nach Holzpieksern, schieben fleischfarbene Blüten in knallrote Münder.

»Schinken oder Käse, Herr Knorp?«

Knorp winkt freundlich ab, als hätte er üppig gespeist. In den Schinkenduft mischt sich schwere Süße, Frau Peters Mutter.

»Was gibt es sonst Neues, Moni?«

Monika, denkt Knorp. Monika Peters stand unter ihrer krakeligen Unterschrift, die er nicht hatte entziffern können. Mit solch einer Handschrift hätte er niemals ein Archiv führen können. Die Handschrift ist das Aushängeschild eines Menschen, die der Witwe spricht Bände.

»Alles im Fluss«, sagt die Zimmerwirtin und lächelt Knorp seltsam an.

»Na, bei so einem sympathischen Mieter!« Die Damen werfen sich zwinkernde Blicke zu. »Und so diskret, dein neuer Gast.«

Manchmal träumt Knorp von gestutzten Schnäbeln schnatternder Gänse, ein sich meist Freitagabend in die Nacht schleichendes Bild, das ihn mit leichten Schuldgefühlen erwachen lässt.

Frau Peters Freundinnen scheinen ihn längst vergessen zu haben, ihre Stimmen neigen sich neuen Themen zu, interessanteren, amüsanteren: Es dreht sich um Kind und Kegel, Hund und Haar …

»Sie bräuchten auch mal eine neue Frisur, Herr Knorp.«

»Haben Sie eigentlich jemals einen Nasenhaartrimmer benutzt, Herr Knorp?«

Knorp leert sein Glas in einem Zuge, steht auf, zieht Outdoorhemd und -hose gerade und verabschiedet sich mit einem formvollendeten Bückling.

Die Damen kichern begeistert. Frau Peters drückt ihm noch eine Visitenkarte in die Hand: »Herr Tietjen. Unser Dorffriseur, Herr Knorp! Schauen Sie doch mal vorbei!«

Es ist eine seriöse Erscheinung, die ihm da entgegentritt. Ein Blick, der mehr verbirgt als er zeigt.

Eine Gelegenheit, den Mund zu halten, sollte man nie vorüber gehen lassen, denkt Knorp. Diesen Spruch von Curt Goetz müssten die Weiber so lange aufsagen, bis ihre Stimmen versiegen. Nur das Sprechen entlarvt den Dummen.

Nasentrimmer, hatten sie gesagt. Er tritt näher an den Spiegel heran, hebt seinen Kopf, um die Löcher der Nase zu begutachten. Wie haarige Raupen. Es muss viel

Zeit vergangen sein, seit er seine Nasenlöcher das letzte Mal inspiziert hat. Ein paar Jahrzehnte wohl.

Jemand geht über den Flur. Knorp nimmt Haltung an wie ein Reiher, und würde er jetzt noch das Bein heben, ähnelte er dem Ansichtskarten-Flamingo. Wer braucht so etwas noch, ist die Welt doch längst eine digitale geworden, eine einzige Motivüberflutung. Überall Menschen, die sich selbst fotografieren. Wer erwartet da noch eine Ansichtskarte mit einem Vogel drauf?

Eine Tür wird geschlossen. Als ob jemand das defekte Bad betrat. Nach einem kurzen Augenblick ein Knall, dann trippeln die Schuhe wieder zurück, nicht ohne ein paar Sekunden vor Knorps Tür verstreichen zu lassen.

Ob er sich auf den Boden legen soll? Flach auf den Boden oder gleich ganz unters Bett? Am besten an etwas anderes denken. Jetzt trippeln die Schuhe weiter, an seiner Tür vorbei Richtung Treppenlift.

Sein Puls flattert, er muss sich aufs Bett setzen. Ruhig Blut, immer locker bleiben!

hoher himmel
wandersmann
zieh den friesennerz dir an

19. Juli

Endlich Stille. Knorp knöpft den obersten Hemdkragen auf, er hatte in seiner Camouflage-Kleidung geschlafen, war nachts von immer lauter werdenden Stimmen geweckt worden.

»Mein Mann, das Haustier!«, hatte jemand gekreischt, andere johlten.

Knorp fühlte sich elend, drückte die Ohropax noch tiefer in seine Gehörgänge, versuchte, nicht daran zu denken, wie Wachskugeln Ohrmuscheln für immer verstopfen – auch wenn es in diesem Fall kein Nachteil gewesen wäre. Er hörte Sektkorken knallen und stellte sich vor, wie das Geschoss im Auge der Dame mit dem Haustier landet. Doch so weit wollte er nicht gehen, sondern zählte rückwärts von Hundert … bei Fünfzig schlief er dann ein.

Jetzt reißt er das Fenster auf, als sei es das Tor zu einem anderen Leben. Eine Welt voller Tirilieren, voller Sommerfrische. Er saugt die Luft förmlich ein, als hätte er einen Rüssel. In dem Moment rollt der Moorexpress vorbei, lässt die Erde unter seinen nackten Füßen vibrieren.

Die Hausschuhe! Knorps übernächtigte Augen suchen das leere Schaffell ab, auf dem zuallererst fremde

Hüttenschuhe und später seine eigenen Cordpantoffeln gestanden hatten.

Unbekanntes Terrain barfuß zu betreten, ist seine Sache nicht, doch nach solch einer Nacht wird ein Will zum weichen Könnte. Nichts muss mehr, alles relativiert sich auf ein Schauen-wir-mal. Hauptsache, endlich ins Moor!

Er vermutet die Peters schlafend nach durchzechter Nacht. Oder sitzt sie womöglich in der Küche, im Bad? Vielleicht hat er sich ja nur getäuscht, aber er hatte sie doch gehört, die Schritte in der Nacht. Und kurz darauf ein Knall wie ein Schuss.

Knorp fragt sich, ob es sein kann, dass man ihn hinters Licht führen will. Dass das Bad in Wirklichkeit gar nicht defekt ist. Der Gedanke, Opfer einer Intrige zu sein, lässt ihn an Ort und Stelle verharren.

Was zählt schon der Mensch, fragt er. Das Leben ist endlich, das Artensterben trauriger Beweis. Früher oder später erwischt es uns alle.

Es wirkt nach Flucht, als sein gebeugter Körper, Kopf vorneweg wie ein Schwimmer, aus dem Haus stolpert. Das glatte Gegenteil eines Moorreihers, beinahe hysterisch, wie er auf Teufel komm raus in den Morgen türmt.

Wäre man Schnecke, erübrigte sich so manches von selbst. Keine Kapuze, kein Regenschirm, nur ein Haus auf dem Rücken.

»So früh auf den Beinen, Herr Knorp?«

Fast wäre er gestrauchelt, als sie mit ihrem Fahrrad vor ihm abbremst. Ein Sportrad mit Stange, bestimmt das des Herrn Peters.

Knorp versucht, Gedanken samt Mücken zu vertreiben, die plötzlich seinen Kopf umschwirren.

»Ich habe uns frische Brötchen geholt!«

Knorp sucht vergeblich nach Augenringen, zotteligen Haaren, Indizien einer Lotternacht.

»Aber Sie scheinen andere Pläne zu haben. Hauptsache, da steckt genug Proviant im Rucksack?«

Knorp schielt gen Himmel. Denkt an sich stapelnde Alupackungen in seiner Küche. Hartkekse, an deren Geschmack man sich nur schwer gewöhnen will, eigentlich eine neutrale Angelegenheit, doch sättigend und leicht im Transport.

»Na dann …«

Für einen kurzen Augenblick kehrt Knorp in die Stube zurück, die er mit drei anderen teilte. Er hatte das große Glück, in der Kantine zu landen, dort ließ man ihn walten, während sich die Kameraden durch Matsch und Schlamm quälten. Knorp war nach einigen Versuchen gescheitert.

So, sagte der Feldwebel, sei der Feind nicht zu besiegen. Also Essensausgabe und Berge zurückgewiesener Alu-Quader. Knorp schmeckten die Hartkekse, vor allem aber bewahrte er sie für bessere Zeiten auf.

»Man weiß nie, was kommt«, sagte die Mutter. »Kaum siehst du dich um, sitzt du schon im Bunker.«

In den Türen der anderen hingen leicht bis unbekleidete Damen. Knorp öffnete seinen Spind nur, wenn niemand anderes zugegen war. Das Poster mit dem Motiv eines gigantischen Laubfrosches hatte er aus einer Apotheker-Zeitung, die Natur betrachten, beruhigte ihn.

»... aufräumen. Schönen Tag, Herr Knorp!«

Er glaubt, das Deo der Frau Peters einzuatmen. Anders als Mottenkugeln. Er linst nach ihrem narzissgelben Sommerkleid.

Gummi-Ente, denkt er und dass Weibchen meist unscheinbarer aussähen als Erpel. Mandarin-Entenmännchen zum Beispiel. Wie mit einem feinen Pinsel gezogene Linien.

Knorp ist kein Künstler, hielt nur einmal einen Rasierpinsel in der Hand. So einen, wie den, der heute Morgen verschwunden war.

Keine Pferde, dafür eine Windmühle, die ihm bisher verborgen blieb. Der Weg führt an Rhododendronblüten vorbei, es duftet nach Mehl, nach zerschroteten Lausbuben.

»Manchmal wüsste ich gern, was Sie so denken, Herr Knorp!« Der Klagau hatte ihn angesehen, als Knorp vor ihm stehen blieb, starr wie ein Brotteigmännchen, das den Sinn des zukünftigen Zeitluxus noch nicht erfasst hat.

Plötzlich eine weiße Wolke, die vor ihm auseinander stiebt: gackernde Gänse und Knorp mittendrin. Das Federvieh flankiert ihn, drängt ihn zur Seite über frisch gemähtes Gras.

Knorp wischt sich mit der Hand über die Stirn, wie viele Meilen bis nach Afrika? Er denkt an Singvögel, die es gerade noch in italienische Töpfe schaffen. Die Welt ist ungerecht, der Mensch eine Bestie. Knorp stöhnt auf. Ein Ganter hat ihn in den Allerwertesten gezwickt, fixiert ihn mit strengen Augen.

»Dalli!«, scheint er zu sagen. »Mach, dass du vorwärts kommst!«

Knorp beeilt sich, mit den anderen Schritt zu halten, auch nicht zu schnell, um keinem zu nah oder auf die Füße zu treten.

Ein böser Traum, denkt er seltsam erregt. Mit ausgebreiteten Armen sich den Passatwinden hingeben, ganz ohne Bordkarte. Es ist das erste Mal, dass er sich einer Gruppe zugehörig fühlt. Und gleichzeitig fremd. Als sprächen sie über ihn.

Er möchte sich gerne mitteilen, einschalten in das Geschnatter oder zumindest fragen, worum es geht. Doch die Gänse treiben ihn immer weiter.

»Da seid ihr ja!«

Zwei Mädchen stehen vor einem Ziehbrunnen. Die Ältere hat ihre Arme auf die Hüften gestützt, hebt ihren Zeigefinger, um dem Ganter zu demonstrieren, wer hier Herr im Hause ist. Dann betrachtet sie Knorp, als warte sie auf seine Erklärung.

Knorp schweigt. Die Gänse schlabbern vom brunnenwasserdurchtränkten Boden. Auch Knorp würde gern seine Kehle befeuchten.

»Das ist bestimmt ein Außerirdischer«, sagt die Kleine und lacht.

Die Größere hebt ihre Augenbrauen.

»Du mich verstehen?«, frotzelt die Kleine. »Wer du sein?«

»Lass das, Kathi!« Sie lächelt Knorp freundlich an, reicht ihm einen Flyer. Knorp nickt kurz und überfliegt das Papier: *Tietjen, Ihr Figaro im Urlaubs-Moor.*

Was für ein Zufall. Knorp weiß, dass demnächst ein Termin beim Friseur ansteht. Bei Herrn Leiss, der ihn seit seiner Jugend kennt.

Knorp trägt die gleiche Frisur wie damals, nur noch schütterer. Letztes Mal allerdings war der kleine Salon geschlossen.

Hoffentlich nichts Ernstes, dachte Knorp. Vielleicht hat Herr Leiss heute keine Lust zu arbeiten, sagte er sich. Am nächsten Tag trat Knorp seine Reise an.

»Nur ein paar Meter!« Die Kleine deutet Richtung Mühle, und auf dem Flyer steht tatsächlich: *In unserer schönen Worpsweder Mühle.*

Erstaunlicher Ort für einen Friseursalon, denkt Knorp. Er zwinkert den Mädchen zu, wundert sich im gleichen Moment über sich selbst. Kann es sein, dass man Gewohnheiten, die man an anderen hasst, eines Tages übernimmt? Und dass es so einfach funktioniert.

Nach Knorps Zwinkern zieht die Große die Kleine weg, als hätte sie Angst vor dem Fremden.

Knorp unterdrückt den Reiz, noch mal zu zwinkern. Hat sich etwas erst eingebürgert, wird man es nicht mehr los. Ähnlich wie Kollegen, die man nicht ausstehen kann, an einem haften bleiben.

Die Mädchen laufen davon, Knorp holt seine Wasserflasche aus dem Rucksack, da stürzt sich die Gänseschar auf ihn.

Hilfe, denkt er und rennt, so schnell er kann, Richtung Hauptweg. Ein Schuss fällt. Knorp dreht sich um, sieht weiße Federn fliegen.

»Kommen Sie!«, ruft jemand.

Sein Herz pocht, als er durch die Tür stolpert.

Wo bleibt die Logik, denkt Knorp. Draußen nur Gänse, hier ein Gewehr.

»Treten Sie ein!«

Knorp klopft sich den Staub von der Schulter – oder ist es Mehl vom Typ 505, das wie ein Schleier über dem groben Backsteinraum liegt?

»Gestatten? Thorsten Tietjen.« Heller Nadelstreifenanzug. Ein offenes Hemd, das den Blick auf eine Goldkette freigibt.

»Die sind nicht ungefährlich, die Ganter. Denken Sie an Erpel, die sich im Frühling über Entenweibchen hermachen. Manchmal zu zweit.«

Am liebsten würde Knorp jetzt umdrehen, einfach hinausrennen aus der Mühle, doch er ahnt, dass es dafür zu spät ist. Eine Zigarrenrauchwolke umhüllt sein Gesicht. Knorp versucht, den Würgreiz zu kontrollieren.

»Folgen Sie mir! Der Salon befindet sich weiter hinten. Aber zuerst bekommen meine Kunden einen Drink. Wie auf dem Flyer versprochen.«

Knorp spürt den Zettel in seiner Hand. Gute Miene zum bösen Spiel, denkt er und beobachtet erleichtert, wie Thorsten Tietjen die Flinte in einen Schrank schließt: »Ein Glas Whisky?«

Knorp winkt ab, versucht, das Augenzwinkern zu unterdrücken, das sich in sein Gesicht schleicht. Eine schwarze Ledersofa-Garnitur.

Herr Tietjen lädt Knorp mit einer Kinnbewegung ein, darauf Platz zu nehmen: »Machen Sie es sich bequem. Hier ist der Kunde König. Kaffee?«

Knorp traut sich nicht abzulehnen, sein Nicken gerät etwas zu eifrig. Schweiß steht ihm auf der Stirn, als Herr Tietjen einen Becher Kaffee aus der High-Tech-Maschine laufen lässt. Dass er die Zigarre ausdrückt, macht das Ganze nicht besser. Der Geruch scheint sich durch Knorps Gehirngänge zu winden. Vielleicht sind es auch die weißen Feinstaubpartikel, die Knorp denken lassen: Bald werde ich sterben.

»Gemütlich hier, was?«

Knorp lächelt, obwohl ihm schwarz vor Augen wird.

»Sie sehen blass aus. Ich hoffe, der Rauch hat Sie nicht allzu sehr gestört?«

Knorp schnappt nach Luft, als Herr Tietjen die Fenster der Mühle aufreißt.

»Trinken Sie, dann wird es Ihnen gleich besser gehen!« Herr Tietjen lässt sich in einen schwarzen Sessel sinken, schlägt ein Bein über das andere.

»Die Mühle ist mein Lebenstraum«, beginnt er. »Das Hairstyling ist das eine, die Umgebung das andere. Meine Familie stammt aus dem Moor.«

Mumien tauchen vor Knorps Augen auf. Ihm wird übel.

»Wussten Sie, dass man den Torf früher ausstach und auf schwarzen Kähnen transportierte? Heute werden Fahrten für Touristen angeboten. Ab Neu Helgoland am Campingplatz.«

Knorps Herz klopft.

»Haben Sie ihn gesehen?«, will er fragen und Herrn Tietjen von seiner Kamera erzählen, mit der er den Moorreiher einfangen werde, wenigstens digital. Dass er sich die Kamera für diesen Anlass gekauft habe, ein Markenprodukt, mit dem er sich feierabends und an den Wochenenden intensiv auseinandergesetzt, durch Bedienungsanleitungen geradezu gequält habe, denn das Digitale war sein Feld zuvor eher nicht.

»Das nennen Sie Archiv? In welchem Jahrhundert leben Sie eigentlich, Herr Knorp?« Der Klagau stand Haare raufend zwischen den Registern, tobte, schrie.

»Na, dann legen wir mal los!« Herr Tietjen winkt Knorp mit lässiger Geste in den hinteren Teil des Raumes.

Fast wie bei Herrn Leiss, denkt Knorp, nur neuere Möbel und Spiegel, Backstein und keine Kuckucksuhr.

»Nehmen Sie Platz und entspannen Sie sich.« Herr Tietjen legt ein Plastikcape über Knorps Schulter. »Zuerst das Wichtigste: Musik!«

Er dreht an einer Anlage, bis Rock 'n ' Roll ertönt. Schnappt sich Schere und Kamm, tänzelt mit geschlossenen Augen durch den Raum, springt in die Luft, ein junger Ziegenbock.

Knorp beobachtet, wie der Friseur nach dem Whisky greift, die Flasche ansetzt und trinkt. Ex und hopp, Knorp macht Anstalten, aufzustehen.

»Bleiben Sie sitzen, mein Bester!« Tietjen baut sich vor Knorp auf, betrachtet ihn skeptisch. »So läuft heute niemand mehr rum. Doch keine Sorge: Wenn Sie hier rausgehen, sehen Sie 20 Jahre jünger aus.«

»Sie sind auch nicht mehr der Jüngste, Herr Knorp. Die Ruhe wird Ihnen gut tun.« Die Bube hatte ihn vor der Tür abgefangen, ihm aufgelauert und ihre roten Krallen ineinander gefaltet.

»Entspannen Sie sich. Stellen Sie sich einfach einen Südseestrand vor.«

Knorp spürt etwas Kaltes in seinem Nacken, er schließt die Augen, als Nikotinfinger seine Stirn nach hinten drücken, sich warmes Wasser wie ein Sud aus Zwiebelschalen über sein Haupt ergießt.

»Kopfmassage gefällig?« Ein Heer von Termiten auf Knorps Schädeldecke.

Produktivität, denkt Knorp und dass er sein Biovital noch nicht eingenommen hat.

»Ich wasche Ihr Resthaar mit Moorshampoo.« Es duftet erdig und Knorp verharrt, als wäre er selbst ein Reiher.

Wie sich solch ein Leben wohl anfühlen muss. Regungslos, um dann aus dem Stegreif zuzuschnappen!

Die kreisenden Finger beruhigen Knorps Geist, nicht aber seinen Schoß, der sich verschämt in den Sessel drückt.

Knorp wird ein Handtuch über den Kopf geschlagen, man rubbelt seine Haare, bis er das Schlimmste befürchtet.

»Haarausfall«, hatte Herr Leiss gesagt, »da kann man nichts machen. Herr Knorp, schauen Sie mich an.«

Knorp versuchte, den Blick abzuwenden. Den Anblick, der sich ihm bot, als Herr Leiss sein Toupet vom Kopf nahm.

Warum behält er nicht für sich, was keiner so genau wissen will, hatte Knorp gedacht. Und er stellt sich die Haare eines Emus vor, die, einem Wischmopp gleich, einen runden Kopf bedeckten, grau vom Ansatz zu den Spitzen.

»Und jetzt: Vivaldi!« Das Handtuch verdeckt Knorps Augen, als die Schuhe des Friseurs über den Boden stapfen.

Knorp traut sich nicht zu atmen, nicht einen Blick zu erhaschen. Wie ein Moorreiher, denkt er.

Es ertönt Musik, zuerst zaghaftes Gefiedel. Knorp entschwebt in eine längst vergangene Sonntagswelt samt Rätsel und der Stimme eines Radiomoderators, während die Mutter Frühstückseier aufsetzt.

In einem elektrischen Kocher, denkt Knorp, den Geruch von erhitztem Plastik in der Nase.

»Nigel Kennedy!« Tietjen reißt das Handtuch herunter. »Der Punker unter den Violinisten.«

Die Fidelei wird hektischer, vermischt sich mit dem Geklapper der Schere, die der Friseur lächelnd vor Knorps Nase auf- und zuschnappen lässt. Dann legt er sie beiseite.

»War nur ein Scherz«, sagt er. »Ich schneide keine Haare.«

Ach, denkt Knorp erfreut und wünscht sich ein Kaffeekränzchen mit Frau Peters herbei. Zwei Stück Schwarzwälderkirsch sind schnell besorgt. Seine Hände greifen nach dem Cape.

»Ich eliminiere Gesichtshaare.«

Knorp weiß nicht, wie ihm geschieht, als Tietjen einen Faden vor seinen Augen spannt.

Spinne, denkt Knorp, wird selbst zu einer, stellt sich tot in der Hoffnung, Herr Tietjen möge von ihm lassen. Doch der ist gewieft. Verwebt den Faden mit beiden Zeigefingern zu einem Trapez, um gleich Hand anzulegen.

Etwas streift Knorps Augenbraue, jetzt ein Reißen und Ziepen – Knorp springt auf.

»Ich muss Ihre Ohrhaare entfernen!«, ruft Tietjen und knipst ein Feuerzeug an. Eine Stichflamme vor Knorp, der schocksteif stehen bleibt. Ein Hase vor dem Lauf des Jägers.

Warum Gewehrlauf, denkt Knorp, wo doch schon der Fuß ein Lauf? Wie das Wild im Scheinwerferkegel innehält, um mit dem Asphalt zu verschmelzen. Knorp macht kehrt, läuft Richtung Mühlentür.

»Halt, mein Herr! Macht vierundachtzig Euro!«

Knorp verharrt, ganz Reh, ganz Hase, niemals Fuchs.

Tietjen zückt einen Rechnungsblock: »Zwanzig Euro der Kaffee, vierundsechzig Waschen, Legen und Augenbrauenkorrektur.«

Knorp hält den Atem an.

»Falls Sie sich wundern, hier steht es Schwarz auf Weiß.« Tietjen hält ihm den Flyer vor die Nase, es duftet nach Gänsedaunen.

Wie mein Kopfkissen, denkt Knorp und vor seinen Augen verschwimmt das Kleinstgedruckte:

Beim Einlösen des Flyers erhalten Sie eine Tasse Kaffee zum Preis von 20 Euro!

Manchmal wünschte sich Knorp, der Klagau sei ein Roboter. Er hatte gelesen, dass japanische Angestellte unter Roboterchefs viel glücklicher seien.

In manchen Fällen, denkt Knorp, ist die Technik der Natur doch weit überlegen. Ein Roboter würde nun seines Weges gehen, ohne mit der Wimper zu zucken. Oder den Tietjen fixieren mit kaltem Blick. Einem Roboter stünde der Schock niemals ins Gesicht geschrieben.

»Sie scheinen nicht zahlungswillig zu sein.« Lässig zieht Tietjen sein Handy empor und behält Knorp im Auge. »Ich rufe die Polizei!«

Knorp durchwühlt seine Hosentaschen. Er war aus dem Haus gegangen, hatte die Peters unterwegs getroffen, im gelben Kleid wie ein Fondant-Küken, das sich auf den Sattel schwang und nach Hause fuhr.

Ob sie einen Kater hatte? Mein Mann, die Haustür, denkt Knorp.

»Wo bleiben die Daten, Herr Knorp? Geht das nicht etwas schneller? Wir sind ein Wirtschaftsunternehmen, keine Sozialstation für Schildkröten.«

»Hahaha!« Knorp spürt einen Schlag auf seinem Rücken: »Reingefallen! War nur ein Scherz!«

Herr Tietjen zaubert Knorps Brieftasche hervor, lässt sie sich einmal ums Armgelenk gleiten und reicht sie Knorp mit einer tiefen Verbeugung.

Knorp bedankt sich mit einem Seufzer. Was für ein Tag, denkt er. Und dass er doch noch mit einem blauen Auge davon gekommen ist.

»Passen Sie gut auf Ihre Wertsachen auf. Ein Langfinger treibt sein Unwesen. Und grüßen Sie Moni von mir!«, lacht Thorsten Tietjen.

Auf dem Nachhauseweg wundert sich Knorp, warum Tietjen ihm in dem Moment, als er von »Moni« sprach, zuzwinkerte.

Ob sich das Zwinkern auf die Tatsache bezog, dass Knorp ihr Feriengast ist oder dass er, Tietjen, in einem Verhältnis zu Frau Peters steht, über das Knorp sich keine näheren Gedanken machen will.

Knorp streicht mit den Händen über seine Ohren. Sie fühlen sich weich an. Ob man es sehen kann? Laut stapft er die Treppe hinauf, im Rest des Hauses herrscht Stille.

still steht der reiher im moor
geduldig denjenigen fokussierend
der sich hinter dem fernrohr verbirgt

20. Juli

Er machte gerade Übungen gegen seinen steifen Nacken, als der Moorexpress vorbeifuhr. Ohne zu pfeifen und so langsam, dass Knorp die Blicke der Insassen sehen konnte und die Konturen ihrer Gesichter. Ihr Kunstlächeln. Er hatte den Tietjen erkannt, das ungläubige Grinsen und den Zeigefinger, der schamlos auf ihn deutete.

Plötzlich drückten sich Nasen an Scheiben platt, sogar Frau Peters schien einen Ausflug mit dem Moorexpress zu machen. Knorp blieb wie angewurzelt stehen. Auch der Zug hielt an. Als Knorp die ersten Lachsalven um die Ohren flogen, bemerkte er, dass er nackt war.

Das Pfeifen des Teekessels riss ihn aus dem Albtraum.

Es tut gut aufzuwachen. Zu wissen, dass die Wirklichkeit in diesem Fall die bessere Lösung ist.

Er vergräbt sich unter seiner Bettdecke und versucht weiterzuschlafen. Ignoriert die Geräusche aus der Küche. Das Trällern. Klappern. Als Porzellan auf Porzellan schlägt.

Vergangene Nacht schien die Peters nicht nach Hause gekommen zu sein. Die Zimmerwirtin ist nicht nur laut, sondern grobmotorisch und rücksichtslos.

Knorp überlegt, ob er sich hinausschleichen, mit einem Bettlaken vom Fenster abseilen soll. Ein verrückter

Plan, einer dieser Kurz-nach-dem-Schlaf-Pläne, die zu nichts nutze sind. Er verwirft ihn und bleibt einfach liegen.

Irgendwann, vermutet er, wird sie schon gehen. Er betastet seine Ohren.

Jetzt klopft es. Vielleicht hat sie ja ihr Ohr an die Tür gelehnt, um zu horchen, ob er auch wirklich schläft: »Herr Knorp?«

Eine Biene nimmt auf ihn Kurs. Obwohl er nicht weiß, ob er allergisch reagiert, springt er nervös auf.

»Sie sind ja doch schon wach!«, ruft die Zimmerwirtin. »Das Frühstück ist fertig!«

Der gedeckte Tisch entschädigt ihn für alles: In der Mitte brutzeln zwei Spiegeleier im gusseisernen Pfännchen. Dass das Eigelb im Ganzen geblieben ist, rechnet Knorp Frau Peters hoch an. In einem Korb mit rot-weiß kariertem Tuch vermutet er frische Brötchen. Honig, Marmelade, Wurst- und Käseaufschnitt und eine unangetastete Packung Gott, die Butter mit der grün-weißen Kuh darauf.

»In der schwarzen Kanne ist Tee, in der braunen Kaffee«, flötet die Zimmerwirtin, als Knorp sich fragt, ob er nun vor dem einzigen Gedeck Platz nehmen soll. »Und hier frische Kuhmilch.«

Knorp räuspert sich, als wolle er damit ein Bild verscheuchen: die auf dem Schemel sitzende Zimmerwirtin, deren Hände sich an einem Euter zu schaffen machen. Knorp trinkt Kondensmilch.

»Zehn Prozent Fett, Herr Knorp? Sie sollten auf Ihren Body-Mass-Index achten! Und Sie sollten Ihre Wertsachen im Blick behalten, Herr Knorp. Nicht dass ich Ihnen Angst einjagen will, aber zurzeit machen Diebstähle die Runde.«

Ob ihr der Tietjen das erzählt hat? Knorp greift sich an die Brusttasche: alles an Ort und Stelle.

»Nun etwas Organisatorisches, Herr Knorp, ich werde zwei Tage unterwegs sein. Ich schätze, das stört Sie nicht. Sie haben sich ja inzwischen bestimmt gut eingelebt. Fühlen Sie sich wie zu Hause.«

Das wird ja immer schöner, denkt Knorp. Jetzt auch noch Selbstbedienung. Andererseits ist er froh, endlich seine Ruhe zu haben vor dem Waschweib.

Er bestreicht sein Brötchen fingerdick mit Gott, legt eine Scheibe Moorkäse darauf und beißt hinein. Wen interessiert schon Cholesterin? Er hat schließlich Urlaub!

Als die Tür ins Schloss fällt, atmet Knorp auf und stellt sich vor, wie er die wirtinnenfreie Zeit genießt. Doch selbst im Urlaub kann Freiheit mit bösen Überraschungen kollidieren. Wer weiß, ob sie nicht etwas vergisst und gleich wieder, ganz unerwartet, vor ihm steht.

Vielleicht sollte er die Situation eher pragmatisch angehen. Erst mal Ordnung schaffen in seinem Schrank.

Knorp öffnet die Tür, zählt neun Paar Socken durch, Hemden und Boxershorts – als er auf ein Notizbuch stößt. Es war ihm vorher nie aufgefallen. Seit wann können Notizbücher in Schränke fliegen? Knorp öffnet es neugierig:

still sich die mühle vor mir dreht
mein kopf mir niemals
stille steht
bienen, die auf blüten fliegen
leise summend
bis verstummend

Als täte er etwas Verbotenes. Knorp ahnt, einem Geheimnis auf der Spur zu sein.

Wer sollte je beweisen können, dass er dieses Büchlein gefunden hat? Er würde es einfach abstreiten! Und die Peters täte doch den Teufel, als zuzugeben, dass sie in fremden Schränken herumwühlt. Ihren Gästen nachspioniert. Dass Dinge auftauchen und verschwinden in ihrem Freudenhaus.

als der mensch kam
zog sich das moor zurück
als der mensch es mit spaten stach

Der hohe Ton des Moorexpress trifft Knorp in seinem Innersten. Knorp fühlt sich beklemmt, muss raus an die frische Luft.

Er läuft in den Garten, legt sich auf die Liege und zieht das Notizbuch aus seiner Tasche. Schrilles Pfeifen schreckt ihn hoch.

»Tut mir leid!« Ein Braunbär mit Querflöte balanciert auf den Gleisen: »Es ist nicht immer leicht, den richtigen Ton zu treffen.«

»Sie können nicht auf den Schienen balancieren«, sagt Knorp. »Heute ist Sonnabend. Da wird die Strecke befahren.«

»Ach«, winkt der Bär ab. »Der Moorexpress, die alte Schnecke. Der pfeift doch aus dem letzten Loch.«

Knorp beißt sich auf die Zunge.

»Wussten Sie eigentlich, dass sein Tuten digital erzeugt wird? Oder sehen Sie irgendwo Dampf?«

Knorp lässt sich seine Enttäuschung nicht anmerken, denn etwas anderes beschäftigt ihn. Irgendetwas stimmt hier nicht: Kühe, Pferde, Reiher – aber ein Bär?

»Sie sind viel zu warm angezogen«, sagt der Bär. »Die Sonne scheint, die Luftfeuchtigkeit liegt heute ausnahmsweise mal bei null Prozent.«

Knorp lässt das Notizbuch in seiner Tasche verschwinden.

»Elk een noh sien Möög … Verstehen Sie Platt?«

Knorp versteht nicht, aber wo der Bär Recht hat, hat er Recht. Er öffnet seine Weste, spürt die Wärme auf seinem Bauch.

»Darf ich fragen, was Sie hier machen?« Der Bär nähert sich langsam.

»Sie sind neugierig.«

»Sie sehen aus, als wollten Sie Ihr Herz ausschütten.«

Knorp denkt an den Moorreiher, an seinen Rentenbescheid. »Kein Kommentar.«

»Das verstehe ich gut.«

»Wirklich?«

»Die Welt ist doch ein einziges Kommentieren«, sagt der Bär. »Sogar heiße Luft wird kommentiert.«

Ein Bär auf zwei Beinen mit einer Querflöte in der Hand. Wenn ich das jemandem erzählen würde, denkt Knorp: »Ist Ihnen nicht warm in Ihrem Fell?«

»Es gibt Menschen, die tragen so etwas freiwillig.«

Die Menschen interessieren Knorp nicht. Aber ... Ein Federkleid, denkt er. »Dann würde doch das Kostüm eines Reihers hierher passen, nicht wahr?«

»Der gute Reiher. Und wenn er nicht gestorben ist, dann schreitet er noch heute.«

»Ist er denn vom Aussterben bedroht?«, fragt Knorp. Das wäre eine Erklärung für seine vergebliche Suche.

»Nicht, dass ich wüsste«, sagt der Bär. »Haben Sie hier noch keinen Reiher schreien gehört?«

Knorp seufzt.

Der Bär setzt sich auf die Gleise: »Seien Sie nicht traurig. Was wäre das Leben ohne Scheitern? Doch wozu in die Ferne schweifen, wenn das Glück so nah.« Er deutet gen Himmel. »Hier in der Gegend gibt es Störche. Fast jeder ausgediente Bahnmast ist mit Storchennestern belegt.«

Storchenpaare, denkt Knorp verächtlich. Der Reiher ist Einzelgänger, kommt wunderbar alleine zurecht.

»Sie sind ein typischer Stadtmensch.« Der Bär schüttelt den Kopf. »Hören Sie auf zu planen. Überlassen Sie sich doch einfach der Natur!«

Schüsse im Hintergrund. Knorp hatte sich schon öfter gefragt, ob es in der Nähe einen Schützenverein gibt.

»Der Truppenübungsplatz«, erklärt der Bär. »Besser den Kopf einziehen.«

Knorp möchte von seinem Küchendienst erzählen, dann zieht er es vor zu schweigen. Nicht, dass der Bär noch denkt, er sei ein Schwätzer.

»Erst im Kontakt mit anderen spüren wir unsere Nichtigkeit. Sprechen Sie mit einer Blume, sie wird es Ihnen danken.«

Knorp erinnert sich an seinen alten Gummibaum. Eines Tages hingen die Blätter schlaff herunter. Knorp goss ihn noch öfter – bis der Baum kahl vor ihm stand.

Er brachte es nicht übers Herz, ihn zu entsorgen, trug ihn stattdessen in den Keller. Wo er heute noch steht. Vielleicht hätte man einfach mal mit ihm reden sollen?

»Kennen Sie sich mit Gummibäumen aus?«, fragt Knorp.

Der Bär kratzt sich am Kopf. »Da muss ich leider passen. Das ist nicht unbedingt meine Vegetation.« Er macht eine Pause, dann grinsend: »Ich bin ja kein Gummibär, wenn Sie mir diesen Kalauer verzeihen. Haben Sie denn einen Gummibaum zu Hause?«

Knorp denkt an den Kaktus, den er sich als Ersatz kaufte. Ein mexikanischer Kaktus voller Stacheln, der schon im Supermarkt so schön rot blühte.

Er brachte ihn nach Hause, stellte ihn auf das Fensterbrett und bewunderte ihn vom Sessel aus. Er zog seine Gardinen nicht zu, damit er den Kaktus immer im Blick hatte. Richtete im Laufe der Zeit seine ganzen Möbel nach dem Kaktus aus.

Nach der Blüte, plante er, würde alles wieder an Ort und Stelle gerückt werden. Er wunderte sich von Monat zu Monat mehr. Schließlich ging er davon aus, einen Glücksgriff gelandet zu haben. Ein Dauerblüher!

Irgendwann betrachtete er den Kaktus genauer und stellte fest, dass die Blüte nicht echt war. Das brachte ihn auf die Idee, sich gleich eine komplette Kunststoffkakteensammlung zuzulegen. Knorp schüttelt den Kopf.

»Aber andere Topfblumen?«

»Sozusagen.«

»Wahrscheinlich Kakteen.« Der Bär lächelt beruhigt. Nur noch vereinzelte Schüsse sind zu hören.

»Und sind Sie zufrieden mit Ihrer Unterkunft?«, fragt der Bär wie beiläufig, während er seine Tatzen inspiziert.

Knorp nickt. Er möchte nicht zu viel preisgeben.

»Hat man Ihnen von Herrn Peters erzählt?«

Knorp zögert. »Der selige Herr Peters? Dass er gern auf dem Sattel und im Sessel saß.«

Der Bär fragt überrascht: »Das hat man Ihnen gesagt?«

Knorp fühlt sich unwohl. Gespräche über Frau Peters sind ihm nicht recht. Er ist froh, dass er endlich seine Ruhe hat, und so gut kennt er den Bären nun auch wieder nicht.

»Mögen Sie Musik?«, lenkt der Bär ab.

»Ich höre gern Märsche.«

»Das trifft sich gut. Dann lassen Sie uns gemeinsam musizieren. Es klappert die Mühle am rauschenden Bach! Zwo, vier …«

In dem Moment ertönt das Signal des Moorexpress. Der Bär springt auf: »Auf ein andermal! Und noch ein

Rat: Halten Sie Abstand zu Frau Peters. Reden Sie lieber mit echten Kühen.« Er verschwindet im Maisfeld.

Schade, denkt Knorp. Er hat die Gesellschaft des Bären genossen. Nun fühlt es sich beinahe so an, als hätten sie sich schon lange gekannt. Man hätte Adressen austauschen und sich die eine oder andere Ansichtskarte schicken können.

Wobei wir beim Thema wären, sagt sich Knorp und holt das Notizbuch aus seiner Westentasche. Doch die Konzentration fällt schwer, die Worte des Bären haben sich festgesetzt.

Warum wollte der Bär so viel über Herrn Peters erfahren? Ob er ihn näher kannte? Ob sich der Bär auch mit Herrn Peters unterhalten hatte, bevor dessen Herz aussetzte?

Wie kommt er eigentlich darauf? Die näheren Umstände seines Todes hatte die Zimmerwirtin doch gar nicht erwähnt. Nur dass er ein Sesselpupser war, der gerne auf Jagd ging.

So viele Ungereimtheiten. Da muss doch etwas faul sein. Knorp vertieft sich wieder ins Notizbuch.

Die krakelige Schrift. Herrn Peters krakelige Schrift, denkt er.

als letztes geleit
läutet die glocke
am hals der kuh

Knorp versucht zu verstehen. Tod und Teufel, grübelt er. Denkt an Almabtrieb und dass er hier noch nie eine Kuh mit einer Glocke um den Hals gesehen hat.

Manchmal hört er Kühe aus der Ferne muhen. Es klingt nach Wehklagen oder Beschwerde. Knorp führt es auf den Moorexpress zurück.

Vielleicht hören Kühe ja lauter als Menschen. Vielleicht haben sie ein Hundegehör, auch wenn ihre pflanzlichen Hinterlassenschaften kein Glück bringen.

Warum sagte der Bär, dass er zu Frau Peters Abstand halten solle? Knorp jagt ein Schauer über den Rücken. Wovor wollte der Bär ihn warnen?

Knorp würde sich zu gern mit jemandem austauschen. Wäre er noch im Archiv, könnte er die Bube fragen. Sie kannte sich immer gut aus, hielt viel von Redekultur, selbst der Klagau wäre ein Ansprechpartner in solch gravierenden Belangen.

Aber nein, denkt Knorp, was für ein Blödsinn. Man hatte sich ja schon damals kaum verstanden. Warum sollte es heute funktionieren?

Nur der Bär wäre ein Gesprächspartner auf Augenhöhe. Knorp bedauert es zutiefst, dass er ihn durch seine Einsilbigkeit vertrieben hat, womöglich für immer, wie er jetzt fürchtet.

Aufgeregt läuft er auf und ab, der Ausdruck von Tuten und Blasen keine Ahnung haben manifestiert sich in seinem Kopf.

auf der wiese grast ein schaf
manchmal tut es das
im schlaf

21. Juli

Knorp bedauert es sehr, vom Bären keine Aufnahme gemacht zu haben. So ein Erinnerungsfoto wäre ihm später bestimmt gut zu passe gekommen.

Er durchwühlt seine Taschen, den Rucksack, den Schrank … Wo ist bloß die Kamera? Ausgerechnet heute, wo er davon ausgeht, den Moorreiher endlich vor die Linse zu bekommen, ist der Apparat verschwunden.

Knorps erster Gedanke gilt Tietjens flinken Fingern. Andererseits hatte doch genau der ihn gewarnt, und auch Frau Peters hatte ihm geraten, seine Wertsachen im Auge zu behalten.

Die Tür ist nicht defekt, kein Fenster eingeschlagen. Der Dieb muss gestern die Zeit genutzt haben, als Knorp im Garten war.

Dass einem noch so durchgeplanten Tagesablauf der Tag als solcher im Wege steht, denkt Knorp. Als wollte sich das Leben selbst verhindern. Er hält inne. Oder aber als wäre das Leben keine Pauschalreise. Als würde die Vorauszahlung dem Zweck der Reise eine neue Richtung geben.

»Sprechen Sie mit einer Blume«, hatte der Bär gesagt. »Sie wird es Ihnen danken.«

Knorp lächelt. Die Erinnerung an den Bären ist ihm wichtiger als seine Kamera.

Er packt Proviant in den Rucksack und macht sich auf den Weg.

»Reden Sie lieber mit echten Kühen«, hatte der Bär geraten.

Hellgraue Kühe liegen im Schatten eines Baumes. Ihr Dasein wirkt friedlich, fast vollkommen. Manchmal wackeln sie mit den Ohren, ihre Schwänze schlagen hie und da eine Fliege fort.

Natürliche Harmonie, denkt Knorp beim Blick durch das Fernglas. Jetzt entdeckt er die Kälbchen, die den hohen Himmel erst einmal erschnuppern müssen und die weite Welt. Mehr Gnade als Glück ist dieser Moment. Knorp möchte auf die Knie sinken und ein Foto schießen. Wie sagte der Bär: »Reden Sie lieber mit echten Kühen!«

Knorp vergewissert sich, ob nicht ein Reiter seines Wegs kommt oder ein Wanderer ihn für verrückt erklären könnte. Doch kein Grund zur Sorge: Er ist allein auf weiter Flur.

Er tritt an das Gatter, formt mit beiden Händen eine Art Megafon, durch das er ruft: »Könnt ihr mich hören?«

Die Kühe beachten ihn nicht, die Luft ist lau, nur ein paar Schäfchen ziehen eilig über den blauen Himmel.

»Gut Ding will Weile haben!« Ein Rotkehlchen landet auf dem Gatter, betrachtet Knorp interessiert.

Vielleicht müsste er lauter rufen, vielleicht stimmen Tonlage und Reichweite nicht überein. Ein tiefes U aus dem Bauch heraus, eine Art Muh.

Knorp versucht ein tiefes Muh, und es kommt ihm sehr unnatürlich vor: »Muhu!«

Das Rotkehlchen fliegt davon, Knorp holt seine Maultrommel heraus und spielt eine unbekannte Melodie. Er fühlt sich frei, als würde sein Leben genau in diesem Moment beginnen. Ein Lied aus der frühkindlichen Gesangsförderung tönt aus seinem Mund hin zu der weißen Herde unter dem Baum:

»Old MacDonald had a farm, E I E I O. And on his farm he had a cow, E I E I O. With a moo moo here and a moo moo there, here a moo, there a moo, everywhere a moo moo. Old MacDonald had a farm, E I E I O ...«

Er macht einen ungelenken Hopser, als seine Beine sich zur Musik bewegen, als wären auch sie gerade erst zum Leben erwacht.

Das Leben ist schön, lacht Knorp und fährt fort: »Old MacDonald had a farm, E I E I O. And on his farm he had some chicks, E I E I O. With a chick chick here and a chick chick there, here a chick, there a chick, everywhere a chick chick. Old MacDonald had a farm, E I E I O.«

Ein Bulle erhebt sich langsam. Er hatte Knorp schon seit einiger Zeit im Visier.

Knorp, ganz in seinem neuen Element, lächelt, winkt und singt: »Old MacDonald had a farm, E I E I O. And on his farm he had a pig, E I E I O ...«

Der Bulle, not amused, beugt seinen Kopf und sprintet los. Genau auf Knorp zu, dessen Hand lässig auf dem Gatter liegt.

Alter Schwede, denkt Knorp, was für ein Tempo und dass Kühe hinter Zäunen bleiben. Dass sie mindestens hundert Meter vor dem Zaun abbremsen, fünfzig Meter …

Wie ein aufgescheuchtes Huhn rennt Knorp über den Weg, immer weiter Richtung knorrige Eichen. Dort wirft er einen panischen Blick zurück, sieht, wie der Bulle gazellengleich über das Gatter springt. Knorp stößt einen Todesschrei aus, unter den sich eine Stimme mischt: »Klettern Sie auf den Baum!«

Knorp war nie Kletterer. Knorp war einer von unter Bäumen, hinter Fußballtoren und am Rande von 50-Meter-Bahnen. Er entdeckt einen Busch, in dem er verschwindet. Eingeigelt späht er durch das Gestrüpp, um zu sehen, ob ihm der Bulle gefolgt ist.

»Brrrrrr!« Der Bär wedelt mit einem weißen Tuch in der Luft. Der Bulle verlangsamt, entspannt sich, wackelt mit den Ohren.

»Alles gut, Eberhard«, sagt der Bär. »Das ist ein Freund.«

Wütendes Schnauben, dann schüttelt der Bulle seinen Kopf und schlendert Richtung Gatter, das er mit einem Satz überwindet. Er dreht sich noch einmal um, stößt einen alphornähnlichen Ton aus, bevor er sich wieder zu den Seinen gesellt. Knorps Herz rast noch immer.

»Die Luft ist rein!«

Mit zitternden Knien kriecht Knorp aus dem Gebüsch hervor, richtet sich vorsichtig auf: »Sie haben mir das Leben gerettet. Dafür bin ich Ihnen sehr dankbar.«

»Hunde, die bellen, beißen nicht«, sagt der Bär lächelnd. »Eberhard ist ein Großmaul. Aber im Herzen sanft wie ein Lamm.«

»Er wollte mich umbringen.«

»Das hätte er nie getan. Er wollte Sie nur ein bisschen erschrecken.«

»Ich weiß nicht.«

»Sie müssen versuchen, ihn zu verstehen. In anderen Kulturen sind Kühe heilig und dürfen nicht geschlachtet werden«, erklärt der Bär. »Eberhard fühlt sich benachteiligt, mehr noch: zutiefst gekränkt. Er will sich gegen die Verhältnisse wehren, findet aber nicht genug Mitstreiter, die bereit wären, für die Sache zu sterben.«

Es ist nicht leicht, sich in andere hineinzuversetzen, stellt Knorp fest. »Dies ist unsere zweite Begegnung«, sagt er deshalb. »Darf ich fragen, wie Sie heißen?«

»Sie können mich Herr Bär nennen.«

»Herbert?«, fragt Knorp.

»Herr Bär. Mit der Betonung auf Herr bitte. Und wenn Sie das Bär Französisch aussprechen würden, wäre es mir sehr recht. Bère oder baire.« Der Bär verneigt sich leicht. »Und wie ist Ihr werter Name?«

Knorp überlegt. In letzter Zeit wurde er meist mit seinem Nachnamen angeredet. Der Vorname liegt schon sehr lange zurück.

»Roderich.« Knorp räuspert sich. »Knorp.« Ihm kommt sein eigener Vorname plötzlich fremd vor. Als gehöre er zu einer anderen Person. Zu einem Menschen, der aus der Rolle fiel, die ihm mit diesem Namen zuteil wurde.

»Roderiesch?«, fragt der Bär interessiert.

»Enchanté.« Knorp verbeugt sich.

Ein Pferd schreitet den Weg entlang, hebt den Kopf und wirft seine Mähne in den Nacken.

»Das Wetter ist schön«, sagt Knorp, nur um etwas zu sagen.

»Alles im Wandel«, lacht der Bär. »Lassen Sie sich nicht von einem oberflächlichen Eindruck täuschen.«

Und tatsächlich sieht Knorp genau in dem Moment einen schwarzen Riesen am Horizont. Ein Rübezahl, denkt Knorp und schweigt.

»Und Sie laufen hier durch die Natur?«, fragt der Bär.

»Ich wollte mit den Kühen sprechen«, antwortet Knorp wahrheitsgemäß und ist sich gar nicht mehr so sicher, ob der Rat des Bären ernst gemeint war.

»Sehr interessant«, findet dieser. »Sie scheinen also anzukommen in der Natur. Geben Sie den Kühen Zeit. Nicht jeder ist aufgeschlossen und kommunikativ. Vertrauen muss man sich erst erarbeiten. Besonders hier auf dem Land.«

Wie ein Elefant im Bauernladen, denkt Knorp. Dass er auch dachte, es wäre so einfach: hingehen, ansprechen – und schon würden ihm die Herzen zufliegen? Als würde so etwas im umgekehrten Fall funktionieren.

Knorp geniert sich beim Gedanken an sein Gegröle, an sein Old MacDonald.

»Das war ja ein interessantes Musikinstrument vorhin«, merkt der Bär an.

»Eine Maultrommel«, sagt Knorp und denkt: Er wird mich schon länger beobachtet haben.

»Wären Sie so nett und würden mir etwas vorspielen?«

»Ich bin nicht sehr geübt«, gesteht Knorp. »Es sind manchmal ganz einfache Melodien, die sich aus dem Spiel ergeben.«

»Interessant. Sie improvisieren also.«

Herr Bär wird enttäuscht sein, denkt Knorp, der sein Gezupfe nie als Improvisation bezeichnen würde. Er holt die Maultrommel aus seiner Tasche heraus, versucht ein paar Töne.

»Bravo!«, ruft der Bär. »Das war ein sehr minimalistisches Pièce.«

Knorp ist das Lob gar nicht recht, hat er doch ob seiner Aufregung, das erste Mal vor Publikum, besonders schlecht gespielt.

»Wissen Sie eigentlich, dass man Mundorgeln auch Brummeisen nennt?«, fragt der Bär, »sein Vorgänger wurde vor mehr als 3000 Jahren von einem Bären entwickelt.«

Knorp staunt. Dabei ist es so naheliegend, den Begriff Brummeisen hatte er schon mal andernorts im Urlaub gehört.

Er nimmt all seinen Mut zusammen: »Sollten wir vielleicht zusammen musizieren? Sie haben doch Ihre Querflöte dabei?«

Der Bär zieht ein trauriges Gesicht. »Ich kann sie nirgends finden. Mit zunehmendem Alter werde ich immer vergesslicher. Kaum nimmt man etwas in die Hand, versteckt es die andere an einem geheimen Ort.«

Knorp erzählt von seiner gestohlenen Kamera: »Ich könnte mir gut vorstellen, dass der Dieb auch Ihre Querflöte eingesteckt hat, um sie auf dem Schwarzmarkt für teuer Geld zu verkaufen!«

»Die Möglichkeit besteht immerhin«, räumt der Bär ein. »Aber ich möchte nicht den Teufel an die Wand malen. Ich bleibe guter Hoffnung, sie irgendwann wiederzufinden. Was Ihre Kamera anbelangt, seien Sie nicht traurig: Die schönsten Erinnerungen hält man sowieso mit dem Herzen fest.«

Knorp nickt. So ähnlich hatte er es vor Kurzem selber empfunden.

»Und es hat einen weiteren Vorteil«, weiß der Bär: »Sie brauchen sich keine Sorgen mehr zu machen, dass sie Ihnen eines Tages abhandenkommen könnte.«

Auch wahr, denkt Knorp.

»Ich muss mich jetzt leider entschuldigen«, sagt der Bär. Und als Knorp fragen möchte, ob sie sich noch einmal sehen werden, fügt er ein »Dann auf bald!« zum Abschied hinzu.

Zwei Mal hatte er den Schlüssel umgedreht und mindestens drei Mal am Knauf gerüttelt, um sicher zu gehen, dass niemand ins Haus eindringen kann.

Knorp streckt alle Viere von sich und beobachtet eine Amsel, die über den Rasen pirscht, um Johannisbeeren zu stiebitzen.

Das Landleben ist ein großes Glück. Knorp stellt fest, dass er entspannen kann. Dass die Vergangenheit am anderen Ende der Welt liegt, dort, wo die Eisbären wohnen. Was für ein schöner Zufall die Begegnung mit Herrn Bär doch war.

Knorp hofft, dass die Querflöte wieder auftaucht, er könnte sich ein Konzert mit dem Bären gut vorstellen. Bis dahin sollte er sich aber bestens vorbereiten, um eine Blamage zu vermeiden. Er zückt die Maultrommel.

»Wo man singt, da lass dich nieder!« Zwei Hasen hoppeln über die Gleise.

»Vorsicht! Heute ist Sonntag«, will Knorp rufen, da fällt ihm auf, dass er schon lange keinen Moorexpress mehr gehört hat. Vielleicht ist der Lokführer erkrankt?

»Ein Brummeisen?«, fragt der eine Hase und stellt seine Ohren auf.

»So nennt es Herr Bär zum Beispiel«, erklärt Knorp.

»Sie meinen Erdbeer?« Die Hasen kichern. Knorp versteht nicht ganz.

»Das ist doch affektiert mit dieser angeblich französischen Aussprache. Dann gäbe es kein H und er würde Err Bär heißen, also Erdbär!«

Was für alberne Hasen, denkt Knorp.

»Die Gleise sind ein guter Ort zum Musizieren«, klärt einer der Hasen auf. »Eisen spendet Kraft, gleichzeitig eine gewisse Flexibilität im Denken und Anpassungsfähigkeit an immer neue Wohnorte. Die Johannisbeersträucher stehen für Frohsinn und Frische, die Nähe zu Kuh- und Pferdeweiden für ein gesundes Leben.« Der Hase stellt seine Ohren schief. »Sie sollten hier bleiben!«

Knorp staunt: »Woher …?«

»Wir sind Geomantologen«, mischt sich der andere Hase ins Gespräch. »Und wie Sie sehen, handelt es sich bei uns um echte Feldhasen, nicht um Kanin oder ähnliches Getier.« Er schüttelt sich.

»Geomann …«

»Noch nie was von Feng Shui gehört? Bau dein Haus an der Biegung der Gleise.«

»Wir spähen Kraftorte aus«, sagt der andere Hase. »Und Kraftfelder.«

»Gleise beflügeln die Musikalität«, fügt der erste Hase hinzu. »Sie setzen Schwingungen frei.«

»Sie sollten hier bleiben«, wiederholt der erste Hase, und jetzt entdeckt Knorp einen Knopf in dessen Ohr. So könnte er ihn vom anderen unterscheiden.

»Sie wohnen wahrscheinlich im Feld?«, fragt Knorp naiv.

»Falsch!«, rufen die Hasen.

»Nicht ganz falsch«, korrigiert der mit dem Knopf im Ohr.

»Wir leben nomadisch. Es zieht uns von Ort zu Ort, doch in der Ferienzeit favorisieren wir einen engeren Radius. Zum Beispiel von hier bis zum Kunstpunkt.«

Knorp wirft den Hasen einen fragenden Blick zu.

»Der Kunstpunkt ist unsere Sommerresidenz«, erklärt der knopflose Hase. »Ein altes Ladehäuschen an der Bahnstrecke. In der Nähe des Storchennests.«

Knorp verschweigt, dass ihn Störche bislang weniger interessierten als der Moorreiher. »Interessant«, sagt er stattdessen. »Und dort malen Sie?«

»Gemalt wird weniger. Wir zählen.«

»Züge?«

»Nein, Fahrgäste. Wir zählen die aus Bremen kommenden Reisenden, verinnerlichen ihre Gesichter bei Hin- und Rückfahrt und evaluieren den Glücksgrad anhand der veränderten Mimik.«

»Inwieweit verändert sich ihre Mimik?«

»Sie sehen glücklich aus, wenn sie in Worpswede waren. Sie lächeln.«

»Vielleicht haben sie einen Witz gemacht«, mutmaßt Knorp.

»Es ist ein innerliches Lächeln. Kein wieherndes Lachen.«

»Aber woher wissen Sie denn, ob dieses Lächeln nicht mit anderen Dingen zu tun hat, zum Beispiel mit einer guten Nachricht?«

»Wir führen es auf die besonderen Vibrationen Worpswedes zurück. Schauen Sie sich an!«

»Ich komme nicht aus Bremen.«

»Das ist sekundär. Sie sehen sehr glücklich aus. Das fällt auf.«

Leugnen nützt nichts, denkt Knorp. »Sie haben Recht. Ich bin glücklich. Und das, obwohl ich den Moorreiher bis heute noch nicht gefunden habe.«

»Siehst du«, sagt der eine Hase zum anderen. »Der Weg ist das Ziel.«

»Es liegt an verschiedenen Faktoren«, erklärt dieser nun. »Das Teufelsmoor ist ein zutiefst magischer Ort. Besuchen Sie unser geomantologisches Seminar, dann können wir die Inhalte gerne weiter ausführen.«

»Neben dem verinnerlichten Archivieren der Fahrgastgesichter sind wir auf Schnecken spezialisiert.«

»Inwiefern?«, fragt Knorp und findet, dass er sein Archiv eigentlich auch innerlich geführt hatte. So wusste er zum Beispiel sogar im Schlaf ganz genau, wer sich wo und hinter beziehungsweise vor welchem Reiter befand.

Er möchte den beiden davon erzählen, doch einer der Hasen beginnt: »Sie müssen wissen, dass es hier beinahe den ganzen Sommer hindurch Performances auf den Gleisen gibt. Die Schnecken sind Ihnen wohl noch nie aufgefallen?«

Knorp ist mehr Wegbeschreiter als Gleisläufer.

»Frei nach dem Motto: Sehen und nicht gesehen werden. Die Nacktschnecke verschmilzt mit dem Rost der Schiene.«

»Land Art. Natürlich nur von Montag bis Freitag. In der Geschichte sind schon viel zu viele Künstler unter die Räder gekommen.«

»Darf ich wissen, wie Sie …«

»Ei, wir haben uns ja noch nicht mal vorgestellt. Gestatten? Dr. h. c. Lepus.«

»Prof. Dr. Lepus.«

»Knorp. Roderich Knorp.« Archivar a. D., hätte er beinahe noch hinzugefügt.

»Wir sind sehr stolz, dass man das Suppenbesteck nach unseren Ohren benannt hat, deren Länge übrigens die der Kaninchen um Längen schlägt.«

»Sie müssen uns unbedingt mal im Kunstpunkt besuchen.«

»Des Weiteren widmen wir uns der Landschaftsarchitektur. Die Schienen haben ja eine ganz eigene Ästhetik – ihre Wirkung lässt sich jedoch steigern, wie Sie auf der gesamten Strecke bewundern können. Aus säuberlich ausgeschnittenen Astlöchern wachsen in den alten Holzschwellen pinkfarbene Blümchen. Dazwischen hie und da etwas Immergrün, so dass sich ein fröhliches und dennoch puristisches Bild ergibt.«

»Die Balance zwischen Ursprung und Künstlichkeit. Zwischen Natur und Mensch.« Dr. h. c. Lepus sieht Knorp erwartungsvoll an.

»Ganz Worpswede wurde quasi von uns gestaltet. Lepus & Lepus Artists.«

Knorp staunt nicht schlecht.

»Sie müssen unbedingt auf den Weyerberg.«

»Dort steht ein den bei der Jagd ums Leben gekommenen Hasen gesetztes Denkmal. Ein stilisierter Riesenhase, den Sie dank Ihres künstlerischen Blicks und Sachverstands sofort als einen solchen erkennen werden.«

»Wo geht es zum Weyerberg?«, fragt Knorp.

»Gehen Sie einfach den Eichenweg entlang und halten Sie sich am Ende links. An der Bärenskulptur folgen Sie der Straße bis zur Böttjerschen Scheune und biegen rechts ab. Unser Rathaus lassen Sie am besten links liegen. Wenn Sie die Bergstraße überqueren, ist der Weyerberg nicht mehr zu verfehlen.«

Vielleicht ist das des Rätsels Lösung, denkt Knorp, der nie auf die Idee gekommen wäre, dass auch Worpswede, wie fast alles im Leben, zwei Seiten hat.

Dann eben ein Riesenhase, denkt er, statt des Moors und des Reihers. Und Berge statt flaches Land.

der mensch irrt
durch das platte land
ohne sinn
ohne verstand

22. Juli

Den Drogeriemarkt hatte er ja schon entdeckt, und es kommt ihm gerade vor, als wäre das nicht er selbst, sondern ein anderer Knorp gewesen, der sich in den Laden schlich, um Sonnencreme zu kaufen.

Und auch der Weyerberg hatte damals noch gar nicht existiert. Die Anhöhe samt Wald scheint sich in den letzten Tagen wie durch ein Wunder aus dem platten Land herausgebildet, ihm eine neue Form gegeben zu haben. Eine Trennlinie zwischen hohem Himmel und gar keinem Horizont – denn den Berg, vor dem Knorp steht, heißt es erst mal zu bewältigen.

Ausgerechnet heute hat er seine Stiefel nicht an, sondern trägt Sandalen, die er in weiser Voraussicht in die Außentasche seines Koffers gesteckt hatte, weil auch ein eifriger Wandersmann seine Zehenspitzen mal gern in die Sonne reckt.

Knorp wird ganz schwindelig ob dieser doch eher nach oben weisenden Richtung. Man müsste sich um 180 Grad drehen, um sich den Weg als Gerade vorzustellen, oder aber wenigstens als eine halbwegs vernünftige Achse.

Wäre man Gemse. Ein Eichhörnchen klettert am Stamm einer gewaltigen Eiche empor, neigt seinen Kopf, wohl, um Knorp zu zeigen, wie simpel es ist, solch einen Hügelwald zu durchqueren, wenn schon der

Gang auf den Mammutbaum, und damit fast direkt in den Himmel, ein Kinderspiel zu sein scheint.

Das Eichhörnchen ist des Eichhörnchens natürlicher Feind, weiß Knorp. Grau gegen Rot, und dieses hier ist ein heimisches, ein echtes Niedersachsenhörnchen, immer auf der Flucht und scheu wie ein Reh.

Knorps Sohlen betreten waldigen Boden, Knorp denkt nicht an Zecken, nicht daran, dass er vergessen hat, seine Füße samt Waden einzusprühen.

Voran kommt ihm in den Sinn, und Eile mit Weile, und sogar ein romantisches Wanderlied, das ihm den Aufstieg erleichtern wird:

Oh Bergesglanz im Sonnenlicht
in schönster grüner Au.
Was bin ich für ein kleiner Wicht,
der ich dich hier erschau.
Hoch oben thronst du über mir
in schwindeligen Lüften,
die Blätter rascheln wie Papier
nach frischen Waldesdüften.
Und hinter dir im tiefen Tal
da winkt ein Liebchen fein.
Es wartet und verzehret sich –
will endlich bei mir sein.

Ein freundlicher Laubwald, denkt Knorp, nicht wie die ewig düsteren Tannen. Er folgt einem ausgetretenen Pfad, keine Nadeln auf dem Boden, nur ein paar zu früh herabgefallene Eichenblätter – und Licht von allen Seiten.

FUCK YOU steht schwarz markiert auf einem Wegweiser, einer ersten Anhöhe, die Knorp leise schnaufend, doch wohlauf erreicht.

Wer ist der Adressat, fragt er sich. Vielleicht handelt es sich hier ja um eine Kunstperformance, womöglich haben die beiden Hasen ihre Pfoten im Spiel?

Knorp beschließt, sich von negativen Gefühlen frei zu machen. Überhaupt frei zu sein, so wie in letzter Zeit, wo er sich fast vorkam wie ein Schmetterling.

Knorp hält inne. Just in diesem Moment flattert ein Zitronenfalterpärchen im typischen Zick-Zack an ihm vorbei. Schmetterlinge im Wald sieht man selten, es gehört schon eine gehörige Portion Glück dazu.

Maikäfer flieg! Knorp glaubt plötzlich, einen näheren Zusammenhang zu erkennen zwischen dem ruhigen Gleiten des einen und dem nervösen Geflatter des anderen.

Vielleicht sollte er … Knorp sieht sich um. Kein Mensch weit und breit, keiner, der auf denunzierende Ideen kommen, der ihn und sein Handeln nicht nur in Frage stellen, sondern gleichsam bewerten könnte. Kurz und gut: Keiner da, der ihn für verrückt erklären könnte!

Er streckt beide Arme nach oben, bis sie mit dem Rest des Körpers eine vertikale Achse bilden, um sie dann auf Höhe der Schultern einzupendeln, wo sie sich sanft auf- und abbewegen. Auch die Handgelenke, schmetterlingsgleich. Immer schneller hebt und senkt Knorp seine Arme, in unterschiedlich langen Bewegungen.

Auftrieb, Abtrieb, denkt er und spürt eine nie gekannte Statik, gleichzeitig eine Luftigkeit, die, je schneller seine Arme flattern, ihn neu erwecken. Mehr noch: seine Gedanken anstacheln, sich über Erhabenes zu erheben.

»Ich bin ein Schmetterling.« Aufgeregt hüpft er vom Boden, setzt plump um, was so grazil als Idee erschien. Und gleicht dabei mehr einem Mehlsack, der sich kaum einen Zentimeter vom Boden erhebt, träge und matt.

Hohe Maisstauden lassen den zurechtgestutzten Wandersmann wie einen Gnom erscheinen. Der geht wacker weiter, einen aufgelesenen Ast als Stab in der rechten Hand, denn: Weit kann es nicht mehr sein bis zum Hasenstein.

Eine neue Abzweigung, hier liegt das Tal mit seinem von dunklen Waldbändern umsäumtem Fluss, auf dem einst schwarze Holzkähne den Torf nach Bremen brachten. Torf, den man ausstach, sommers wie winters. Braune Segel, die auf moorigem Wasser ihre Schatten warfen, Menschen mit gebeugten Körpern … Knorp läuft ein Schauer über den Rücken.

Plötzlich Stimmen. Frau Peters? Oder war es das Käuzchen, dessen Rufe zu menschlicher Stimme mutierten?

Knorp ist auf der Hut. Das Früher verschmilzt mit dem Kürzlich, die Landschaft mit Thorsten Tietjens Familie.

Vielleicht hätte er lieber zum Kunstpunkt gehen sollen, immer der Bahnlinie entlang am Storchennest vorbei.

Knorp setzt sich unter einen knorrigen Eichenbaum am Wiesenrand. Packt Hartkekse aus und die Thermoskanne. Spürt knochige Wurzeln, die sich unter seinem Gesäß verzweigen, hier seit Jahrzehnten ein maulwurfgleiches Dasein fristen.

Blinde Tiefseefische fliegen durch Knorps Kopf, als eine Trommel zu schlagen beginnt. Vier blütenhaarbekränzte Damen tanzen im Wallekleid über die Wiese, drehen sich, bis Knorp schwindelig wird, bis er einen Punkt in der Ferne fixiert, um nicht bewusstlos zu werden.

Knorp hält seine Ohren zu. Es ist mit allem zu rechnen. Trommel in der Linken, Stock in der Rechten, marschiert eine Dame mit goldenem Vogelnest auf dem Kopf zu den Tänzerinnen.

Ein in den Boden betonierter Feriengast im freien Fall …

Knorp beobachtete, wie die Frauen Zweige und Äste zu Kreisen formten, in die sie hineinsprangen und wieder heraus. Er hörte sie seltsame Lieder summen, dicke Hummeln in Flattergewändern. Verharrte auf der Stelle, wurde zum Waldgeist, zum stummen Zeugen seltsamer Schwitzhüttenrituale – und wollte nur noch eins werden mit dem Baum.

Jede Bewegung hätte seine Anwesenheit verraten, jedes Knacksen seiner Knochen, wenn er sich endlich erhob.

Er muss kurz eingenickt sein, denn als er wieder erwacht, sind die Frauen verschwunden. Die Füße kribbeln, den Hartkeks hat der Fuchs gestohlen.

Sie wird schon zu Hause sein, denkt Knorp, er sollte besser den Hasenstein suchen.

Er nimmt einen Schluck Tee, doch der Wald hat seine eigenen Geräusche. Schlucken klingt nach Ruhestörung, wenn sich Wipfel leise wiegen. Als ob Wald samt Bewohner auf der Lauer lägen.

Knorp schreitet weiter über Baumschatten, schreckt hie und da ein Vöglein auf, füllt seine Lungen mit Grün. Wandert bergauf und bergab. Plötzlich eine Biegung – und ein gigantisches Monster blickt auf ihn herunter.

Knorp denkt: My name is Mickey. I am the forest mouse. My hole is in the ground near the oak tree.

Nach einer Starrsekunde kommt er zu dem Schluss, dass das Monster nicht lebt.

»Ein stilisierter Riesenhase, den Sie dank Ihres künstlerischen Blicks und Sachverstands sofort als einen solchen erkennen werden«, hatten Prof. Dr. Lepus und Dr. h. c. Lepus gesagt.

Der Hasenstein? So sehr Knorp sich auch bemüht: Er kann keinen Hasen erkennen. Es fehlen Löffel, Läufe und Blume. Es fehlen Barthaare und Vorderzähne. Überhaupt fehlen Zähne. Dafür deutlich erkennbar: Schnabel und Flügel. Der Moorreiher?

Knorps Lippen beben, als er auf den Giganten zuläuft, vor ihm auf die Knie sinkt und seine Hände faltet, bis sie schmerzen. Als sich dann auch noch der Himmel verdunkelt, bricht er in stummes Weinen aus.

»Beeilen Sie sich! Laufen Sie nach Hause!« Der Bär scheucht Knorp hoch, gestikuliert wild und bläst in die Querflöte, aus der ein teekesselähnliches Schrillen ertönt.

»Woher wissen Sie, dass ich hier bin?«, fragt Knorp und blickt immer noch nicht nach oben, wo das Unheil droht.

»Fragen Sie nicht«, rät der Bär. »Schauen Sie lieber!«

Knorp folgt der Tatze, die sich gen Himmel erhebt, weit über den steinernen Moorreiher hinaus, hinter dem sich erste Regenwolken nähern.

»Eine kleine Erfrischung kann doch nicht schaden«, lächelt Knorp.

»Der Moorreiher …«, will er fortfahren, doch das »Wie Sie meinen« des Bären lässt ihn abrupt innehalten.

Beleidigen will er den Bären nicht, dessen Absicht ja eine freundliche ist, eine gastfreundliche noch dazu. Denn Knorp ist der Fremde, der die Besonderheiten des Ortes noch nicht so gut kennt.

»Sie haben Recht«, lenkt Knorp ein und denkt an das Regencape, das er ausgerechnet heute nicht eingesteckt hat.

»Leider kann ich Sie nicht begleiten.« Der Bär wirft einen Blick nach oben. »Ich muss weiter, ein dringender Termin.«

Knorp lächelt verständnisvoll: »Erst die Arbeit, dann das Vergnügen. Ganz meine Meinung.«

Mit so jemandem hätte man sich gut verstanden, denkt er. Da wäre die Kooperation eher fruchtbar als furchtbar verlaufen. Er reicht dem Bären die Hand: »Frohes Schaffen!«

Der Bär schlägt ein und eilt von dannen.

Mal zerfasern sie zu Linien, mal rotten sie sich zu einem Kreis zusammen, der bald oval wird, dann länglich und schließlich sternförmig ausläuft. Mitunter erinnert Knorp das Wolkengebilde an die Form des Unaussprechlichen.

Es war mehr Offenbarung als Entdeckung, die ihn angesichts des Steins auf die Knie sinken und sein Herz aufflackern, ja lodern ließ. Vielleicht mischte sich auch die Erleichterung hinein, dass jede Suche ihren Sinn hat. Denn wer stellt schon einen Riesenreiher in die Landschaft, wenn nicht ein reales Vor- oder Abbild existiert.

Der Wald hat seine eigene Sprache und Gesetze, nach denen es kreucht und fleucht. Diese Ameisenstraße aber erinnert an hektisches Großstadtgeflimmer. Mehrspurig und in verschiedenen Achsen strömt es fröhlich vor sich hin, und so mach ein arbeitsames Geschöpf wird von den Kollegen einfach niedergetrampelt.

Ein Phänomen, das Knorp sehr erstaunt, bewunderte er doch bisher wie man einander ausweicht: elegant und nicht so ruppig wie unter Menschen.

Ameisen sind große Vorbilder, die Perfektionisten der Akribie, nur das Leben in solch einer Kolonie leuchtet Knorp nicht ein. Wenn schon unter Tage, dann als Maulwurf, doch nicht als Ameise unter vielen. Denn auch wenn alle gleich aussehen, reicht doch schon ein übel gelaunter Artgenosse, um den anderen das Leben zu vermiesen. Zuerst auf frohe Zusammenarbeit – und am Ende die Kündigung.

»Sieh doch nicht so schwarz!«

»Bist du farbenblind?«

»Nein, aber nicht so hysterisch wie du!«

»Was heißt da hysterisch? Du hast sie wohl nicht alle!«

»War ja nicht so gemeint.«

Zwei Igel unterhalten sich angeregt, nehmen Knorp gar nicht wahr. Der staunt nicht schlecht, dachte er bislang immer, Igel wären ausgeglichene Wesen.

Interessant, denkt er. Der wahre Charakter scheint sich also im Wald zu zeigen.

»Nach rechts oder nach links?«

»Ich habe, ehrlich gesagt, die Orientierung verloren. Die Ameisenwegweiser sind auch nicht mehr das, was sie mal waren. Man hat das Gefühl, die Straßen führen ins Nichts.«

»Und du sagst mir, ich sei hysterisch? Dass ich nicht lache!«

Knorp hatte vorher noch nie einen Igel lachen gehört. Es klingt verschnupft, ein wenig nach Schnappatmung.

»Ist ja auch ein nettes Plätzchen. Vielleicht sollten wir bleiben und ein Picknick machen. Es sieht ja gerade überhaupt nicht nach Regen aus.«

»Könntest du dir bitte diesen zynischen Unterton verkneifen?«

»Mon Dieu, Monsieur, sind wir heute empfindlich.«

Plötzlich jagen Helikopterlibellen mit einem Affenzahn vorbei und Knorps Kreischen lässt die Igel flüchten.

Sanft rauschen Büsche, während sich Bäume im Ballkleid wiegen. Der Wind hat zugelegt, Knorps Hut davongetragen. Guano- und wasserresistent – und schon beim kleinsten Lüftchen völlig unbrauchbar!

Knorp ärgert sich. Er hätte das Angebot einfach ausschlagen sollen, der alte Wanderhut tat es genauso. Doch die Verkäuferin meinte, Mann trägt heute Camouflage.

Die Wolke fliegt tiefer, wie kann das sein? Knorp wirft einen Blick zurück, und es bestätigt sich, was wie erfunden wirkt: Das schwarze Ungetüm scheint in den Sinkflug zu gehen.

Knorp beschleunigt. Stehen bleiben käme einem Selbstmord nahe. Er denkt an Vögel, die sich auf Menschen stürzen.

Schwarze Partikel schweben herab, werden vom Wind in Knorps Richtung getrieben – oder nehmen sie bewusst auf ihn Kurs?

Knorp läuft, hechelt. Eine Armada schwirrt über seinen Kopf hinweg, drängt in Scharen von Tausenden und Abertausenden in den Wald. Schwarze Punkte, die sich auf Blättern niederlassen, auf Eiche, Ahorn, Farn, ganze Baumstämme besetzen – ohne ein Summen oder Brummen, ohne einen einzigen Ton von sich zu geben.

Der nächste Schwarm rückt an. Knorp geht in Deckung, nicht mal den Hut hat er noch zum Schutz. Er hält die Hände vors Gesicht, fühlt, wie dünne Flügel seine Ohren streifen, hört es säuseln und wispern: »Mach, dass du weg kommst, Fremdling!«

Knorp stolpert weiter, während ihm schwarz wird vor Augen. Nicht schnee-, sondern fliegenblind. Doch wo ist der Ausgang?

»Haben Sie den Hasenstein gefunden?« Lepus & Lepus! Sie tragen Skibrillen und eine Bergsteigerausrüstung.

Knorp ist so erleichtert, die beiden zu sehen, dass er sie nicht enttäuschen will und lobt: »Er ist wunderschön, Ihr Hasenstein.«

»Finden Sie nicht, dass seine Ohren eher an einen Adler erinnern?«

»Vorsicht mit den Füßen!« Der Boden flirrt silbrig. Scharen von Flügelameisen beziehen Stellung, scheinen von den herumeilenden Bodenameisen erwartet worden zu sein.

Knorp verharrt in der Hoffnung, sie entdecken ihn nicht. Ameisenfliegen? Jedem Tierchen sein Pläsierchen, doch die Durchmischung geht zu weit! Nach seiner Auffassung gehören Flügel zu Sittichen, Reihern, Libellen oder Hummeln. Nicht aber zu Ameisen, die doch eher unter dem Fuß als auf Augenhöhe zu finden sind.

»Und nun?«, fragt er entnervt.

»Es ist nur eine Frage der Zeit«, weiß Prof. Dr. Lepus, »dann verschwinden sie alle im Bau. Sie müssen sich erst mal beschnuppern.«

»Meine Güte!«, entfährt es Knorp, »wer weiß, wie lange das dauern wird.«

»Gestatten Sie mir eine Frage,« Dr. h. c. Lepus errötet, »aber warum sind Sie nicht mit den anderen geflüchtet?«

»Mit wem?«

»Mit den Schnellen: den Rehen, Hasen, Füchsen. Sie spüren Naturphänomene lange im Voraus.«

»Die Schnecken beißen die Hunde«, mahnt Dr. h. c. Lepus.

Knorp hatte niemanden gesehen, nur flatternde Kleider, wenn es denn keine Sinnestäuschung war.

»Gute Frage.«

»Wir müssen weiter«, drängt Prof. Dr. Lepus.

»Aber …«, sagt Knorp. Der Gedanke, alleine im Wald zu bleiben, gefällt ihm gar nicht.

»Keine Sorge!«, lachen die Hasen. »Im Gegensatz zu Ihnen können wir Haken schlagen.«

»Außerdem«, ergänzt Prof. Dr. Lepus, »hat das Warten ein Ende. Die Ameisenfliege ist Akkordarbeiter.«

Und tatsächlich sieht der Boden nun wie vorher aus. Bis auf ein paar vereinzelte Silberflügel, die – Surfsegeln gleich – durch den Wald gleiten.

es vermaist der blick
verschwunden das wehende feld
man sehnt den weizen sich zurück
der bringt jedoch kein geld

23. Juli

In ein paar Tagen ist sein Urlaub vorbei, rechnet Knorp. Bis dahin wird er besser zu Hause bleiben.

Die Sache mit den fliegenden Ameisen reichte ihm und dass es dann auch noch zu regnen anfing, als er Richtung Bergstraße den Hang hinunter schritt.

Die Verkäuferinnen des Drogeriemarkts ließen ihn nicht aus den Augen, während er seine Weste nach Geld durchsuchte: 2,99€ für einen Knirps.

Nichts ist für die Ewigkeit, auch nicht die Imprägnierung. So das Fazit des gestrigen Tages.

Die Brieftasche fand er schließlich neben dem Schrank, sie musste ihm aus der Weste gefallen sein, bevor er losging. Dass die Hüttenschuhe neben seinen Cordpantoffeln standen, ignorierte er.

Fünf Tage noch. Das Danach steht auf einem anderen Blatt. Dann wird man weitersehen, hinterher ist der Mensch sowieso immer schlauer.

Er denkt an den Reiherstein. Sein Herz hüpft mindestens genauso hoch wie gestern, als er schmetterlingsgleich durch den Wald schwebte. Fünf Tage sollten reichen, um den Moorreiher zu finden.

Knorp spürt eine innere Nähe, als sei der Vogel hier in seinem Zimmer, womöglich neben dem Bett. Er patscht mit der Hand ins Leere, als tätschle er den Kopf eines Hundes.

Menschen mit Hunden. Knorp schüttelt sich. Bären, ja. Bären und Igel. Hasen. Er lächelt. Er würde gern seine Maultrommel zücken, sein Brummeisen. Rührung umspielt seine Mundwinkel.

Die Sonne strahlt ins Zimmer. Wer weiß, wen er heute treffen wird! Knorp öffnet das Fenster, wirft einen Blick auf das leere Gleis.

Knorp beherrscht sich, um nicht etwas hinauszurufen in den Morgen. Womöglich ein Gedicht. Oder ein Lied. Old Mac Donald … Die Erinnerung an Eberhard lässt Knorps musikalische Gedanken verstummen.

»Halten Sie Abstand zu Frau Peters!« Was Herr Bär wohl damit meinte?

Man kann in ein fremdes Gehirn nicht hineinsehen, denkt Knorp. Auch nicht in fremde Badezimmer, Schubladen oder seinen Schrank. Knorp scheucht lästige Gedanken fort als wären sie Mücken.

»Herr Knorp?«

Er zuckt zusammen. Eine Fliege setzt sich auf seine Hand, er schüttelt sie hektisch ab. Immer wieder versucht das lästige Ding, sich ihm zu nähern.

»Frühstück, Herr Knorp!«

Vielleicht ist die Peters das kleinere Übel. Knorp beschließt, sich so schnell wie möglich, ASAP, auf den Weg in die Küche zu machen, bevor ihm noch der Appetit vergeht.

»Na, gut geschlafen, Herr Knorp?«

Fliegenklebebänder hängen von der Decke herab. Die Wirtin trägt ihre Haare heute zum Zopf geflochten, was ihr etwas Bäuerliches verleiht. Knorp mag keine Frisuren. Die Bube rannte ständig mit Spangen und Schleifen im Haar durchs Archiv.

»Die scheint ja im wahrsten Sinne des Wortes auf Sie zu fliegen.« Sie kichert, irgendetwas scheint los zu sein.

Hässliche Worte wie Piccolo flattern herum. Was schert es die Fliege? Gemütlich sitzt sie, mal auf seinem Hemd, seiner Stirn, seinem Frühstücksteller.

»Brauchen Sie eine Fliegenklatsche?«, fragt Frau Peters.

Knorp zuckt mit den Achseln. So ein Schinken-Käse-Brötchen sieht sehr verlockend aus. Aber nach dem Anblick einer geplätteten Fliege nur noch halb so sehr.

Er hatte die Fliegenklatsche schon am ersten Tag gesehen: ein weißer Miniaturplastikklopfer mit rotem Stiel. Früher war es Usus, Teppiche über Eisenstangen auszuklopfen. Heute zieht man einen Staubsauger hinter sich her, als könnte der bis ins Innerste der Fasern vordringen.

Knorp schüttelt den Kopf. Vielleicht haut die Fliege ja ab, wenn er saure Gurken auf den Schinken legt.

»Ich hoffe, Sie hatten eine schöne Zeit, Herr Knorp.« Sie setzt sich gegenüber, gießt Kaffee in seine Tasse, rührt in ihrer eigenen leeren.

Sie hat eine Klatsche, denkt Knorp und beißt genussvoll in sein Schinkenbrötchen.

»Die Fliege.« Sie lächelt verschämt.

Er hatte sich auch schon gewundert, warum das Insekt von einem Moment auf den anderen verschwunden war.

»Sie scheinen Schinken zu lieben.«

Nun ist er schon dabei, den Bissen mit seinen Zähnen zu zermalmen. Was tun? Er kann doch nicht einfach.

»Hier: Nehmen Sie die!« Sie reicht ihm eine Serviette, doch Knorps Erziehung verbietet ihm Grobheiten. Er könnte vorgeben, die Fliege sei nie in seinem Mund gewesen, könnte mit bleckenden Zähnen lächeln.

»Ach«, sagt die Wirtin gedankenverloren, »ich kann mich so gut in Sie hineinversetzen: Ich habe vor Jahren an einem Hatha-Yoga-Seminar teilgenommen. Eine Woche Schweigen.« Sie lächelt. »Die vergangenen Tage müssen Sie sehr genossen haben.« Sie blickt aus dem Fenster. »Ruhe. Einsamkeit. Deshalb sind Sie hier.«

Die Situation ist ihm peinlich. Ob er erklären sollte?

»Machen Sie sich keine Sorgen, Herr Knorp. Die Wünsche meiner Gäste liegen mir am Herzen.« Sie versucht, Kaffee zu trinken. Setzt die Tasse ab. »Da habe ich ganz vergessen, mir einzuschenken!« Lacht.

Viel zu laut, denkt Knorp.

Sie gießt nach und zwinkert ihm zu: »Aber eine Sache muss ich Ihnen unbedingt erzählen!«

Er seufzt in sich hinein. Trinkt den Kaffee auf ex, um die Fliege samt Schinken herunterzuspülen. Es kratzt im Hals, aber vielleicht bildet er sich das ja auch nur ein. Als Kind hatte er im Sommer einmal gelacht. Genau in dem Moment flog eine Fliege in seinen Mund, es fühlte sich beim Schlucken seltsam trocken an. Er stellte sich vor, wie die Fliege durch seine Speiseröhre zappelte. Versuchte, dieses Bild so schnell es ging zu vergessen.

Danach beschloss er, seinen Mund nur noch im äußersten Notfall zu öffnen.

»Wenn Sie wüssten!« Sie sieht ihn mit hochgezogenen Brauen an. Glaubt sie etwa, er wäre neugierig?

Knorp wirft ihr einen höflichen, vielleicht etwas zu kühl geratenen Blick zu.

»Was ich in den letzten Tagen erlebt habe, Herr Knorp.« Sie schüttelt den Kopf, als könnte sie es heute noch selbst nicht fassen. »Magisch, sage ich Ihnen!«

Ein Lächeln auf ihrem Gesicht. Dann durchzieht sie etwas, als hätte sie einen epileptischen Anfall.

»Kennen Sie den Niedersachsenstein?« Sie hält inne. »Ach, was ...« Überlegt kurz. »Herr Knorp, ich muss Ihnen etwas erzählen. Sie erinnern sich doch an meine Freundinnen?«

Die meisten Erinnerungen sind Knorp lästig, eine Vergangenheit im toten Winkel wäre manchmal auch nicht schlecht. Er würde lieber über andere Dinge mit ihr sprechen. Über Fliegenklebebänder. Würde jetzt gerne eines in seinem Zimmer aufhängen, aber wahrscheinlich hat sie das andere längst im Papierkorb gefunden.

»... eine unglaubliche Erfahrung, Herr Knorp!« Sie lächelt.

Vielleicht sollte er sich eins kaufen und nachts befestigen. Am Morgen könnte er es dann wieder heimlich entfernen.

»Ich möchte Sie nicht in Ihrer Schweigemeditation stören, Herr Knorp. Nur eine Frage noch: Was halten Sie von einem Fliegengitter an Ihrem Fenster?«

Knorp verschüttet den Kaffee, so eifrig nickt er der Wirtin zu.

»Warten Sie, Herr Knorp.« Sie springt auf, um einen Lappen zu holen.

Knorp pustet den Kaffee über den Tisch, damit er ihm nicht auf die Hose tropft. Die Sache ist ihm äußerst peinlich.

»So!« Sie wischt über den Tisch, während er seinen Oberkörper nach hinten biegt.

»Denken Sie sich nichts! Das ist typisch für vergeistigte Menschen«, lächelt sie fast liebevoll.

Er hält die Luft an. »Halten Sie Abstand zu Frau Peters«, hatte der Bär geraten.

»Wenn es Ihnen nichts ausmacht, würde ich Sie gerne bitten, noch einen Augenblick ins Wohnzimmer zu kommen.«

Knorp hüstelt.

»Nur ganz kurz.«

Er wollte eigentlich los. Der Moorreiher wartet nicht den ganzen Tag, und es gibt auch sonst genug zu erledigen.

Regen wie feine Fäden. Frau Peters schließt das Fenster.

»Ich glaube, es könnte Ihnen gefallen.« Sie sieht ihn fast bettelnd an.

Knorp denkt an das Fliegengitter. Ein bisschen Dankbarkeit könnte er schon zeigen, aber Überraschungen sind seins nicht. Ärger steigt auf, als er an das Ü-Ei denkt.

Er folgt ihr ins Wohnzimmer. Er wäre viel lieber in seinem Zimmer oder am Hasenstein, sogar ein Plausch mit Thorsten Tietjen hätte jetzt etwas.

»Setzen Sie sich auf das Sofa und schließen Sie die Augen.« Die Peters eilt zum Plattenspieler.

Knorp setzt sich widerwillig, beobachtet, wie sie eine Schallplattenpappe aus ihrer Sammlung hervorzieht. Eine schwarze Scheibe auf den Plattenteller legt. Wie ihre Finger vorsichtig den Hebel des Plattenspielerarms auf die äußerste Rille legen. Ein leicht kratzendes Geräusch, dann die Töne eines Klaviers. Eine Männerstimme singt:

»Ich komme vom Gebirge her, die Dämm'rung liegt auf Wald und Meer; ich schaue nach dem Abendstern, die Heimat ist so fern, so fern.«

»Schubert«, flüstert Frau Peters. »Der Text stammt von Georg Philipp Schmidt von Lübeck, 1766 bis 1849.«

»Es spannt die Nacht ihr blaues Zelt, hoch über Gottes weite Welt, die Welt so voll und ich allein, die Welt so groß und ich so klein.«

Knorp horcht auf, während die Wirtin ihren Zeigefinger auf die Lippen legt.

»Sie wohnen unten Haus bei Haus, und gehen friedlich ein und aus; doch ach, des Fremdlings Wanderstab, geht landhinauf und landhinab. Es scheint in manches liebe Tal, der Morgen- und der Abendstrahl, ich wandle still und wenig froh, und immer fragt der Seufzer: wo?«

»Schön?«, stört sie Knorp, der tief in diesem, ihm auf den Leib zugeschriebenen Lied schwelgt.

»Die Sonne dünkt mich matt und kalt, die Blüte welk, das Leben alt, und was sie reden, tauber Schall, ich bin ein Fremdling überall.«

Das Telefon klingelt. Knorp spitzt seine Ohren, um sich weiter auf das Lied zu konzentrieren, doch die Wirtin hat den Ton leiser gedreht.

»Hallo Thorsten!« Nur ein paar vage Fetzen mischen sich unter Frau Peters Begeisterung: »Es war unglaublich, du kannst es dir nicht vorstellen. Ich werde dir später davon erzählen … Gute Idee, ich frage ihn gleich.«

Nun sollte er besser gehen. Knorp erhebt sich, schleicht unbemerkt aus dem Raum, während Frau Peters ein paar weibliche Namen aufzählt.

»Herr Knorp!«

Was brauch ich Stock und Hut, denkt Knorp.

Keiner kann ihm etwas vorschreiben. Weder Peters noch Klagau, Bube, Tietjen oder wer es sich sonst noch einbildet.

Freiheit, denkt Knorp, als warme Regentropfen sein Gesicht berühren, der Wind ihn zu liebkosen scheint.

Das Lied hat ihm gut gefallen, er hätte zu gern gewusst, wie es weitergeht. Doch Wirtinnen sind in der Lage, ihren Gästen jegliche Freude zu nehmen. Und nicht nur Wirtinnen, auch Berufsclowns wie der Tietjen, den er auf einmal zu hassen beginnt.

Stille, denkt Knorp. Nur in der Natur wird der Mensch zum Menschen, in friedlicher Koexistenz mit Flora und Fauna. Beinahe wird er von einem Güllewagen überfahren.

Der Bauer winkt fröhlich, als er sieht, dass sein kleiner Scherz nicht ohne Wirkung bleibt.

Stadt, Land, Fluss – Knorp greift sich vor Schreck ans Herz – und der Mensch als Bestie dazwischen.

Die Tiere haben es ihm gezeigt: Hierzulande scheint man gleislaufend auf der sicheren Seite zu sein. Einmal im Leben etwas Verbotenes tun, einmal im Leben bei Rot eine Ampel überqueren, die Karteileiche X zu Y stecken, einen Tag Krankheit vorschützend im Bett bleiben. Oder aber die Haustür hinter sich zufallen lassen und das Rufen der Wirtin ignorieren.

Es war auch bitter nötig, denn er ist niemands Sklave. Er hat seinen Urlaub gebucht und wird dieses Recht einfordern. Komme, was wolle!

»Ich habe Echsen gesehen!«

Wer zum Teufel? Knorp blickt sich um, schließlich auf den Boden, genau genommen vor seinen linken Fuß, der sich auf gleicher Höhe mit einer auf dem Gleis liegenden Nacktschnecke befindet. Oder sitzt sie? Steht sie gar?

»Ich laufe! Und Sie verschatten mir den Weg.«

»Bitte vielmals um Verzeihung.« Knorp wechselt die Seite. »Gibt es hier wirklich Echsen?« Er denkt an mannshohe Leguane.

»Nur zu bestimmten Zeiten. Meist im Sommer. Gestern sah ich welche am Weyerberg.«

Sie gehörten bestimmt zu den langsamen Kriechern, vermutet Knorp. Waren nicht mit den Ersten vor den Ameisenfliegen geflüchtet, sondern bildeten die Nachhut. So wie das Wesen neben ihm auch eher dem Moorexpress als einem ICE ähnelt.

Knorp schämt sich seines Gedankens, erinnert er ihn doch an den Klagau und seine Äußerung: »Geht das nicht etwas schneller? Wir sind ein Wirtschaftsunternehmen, keine Sozialstation für Schildkröten.«

Dass ein Knorp vom empathischen Schlag ist, will er der Schnecke beweisen: »Für Sie ist es bestimmt sehr beschwerlich, von A nach B zu gelangen?«

Die Schnecke hebt ihren Kopf. »Wie kommen Sie denn darauf?«

»Nun, ich dachte …« Knorp wird verlegen. »Die anderen haben ihr Ziel sicherlich schon längst erreicht.«

»Was interessieren mich die anderen?«, ruft die Schnecke. »Für mich und meinesgleichen gilt: Der Weg ist das Ziel. Sollen wir uns etwa den Tempoangebern einer beschleunigten Welt unterwerfen?« Sie macht eine kunstvolle Pause. »Unser Credo ist die Gelassenheit. Raus aus dem Hamsterrad!«

Das hätte er dem Klagau sagen können, damals nach dessen Spruch. Knorp bedauert, der Schnecke nicht schon früher begegnet zu sein.

»Mit unserer Art fordern wir die moderne Welt heraus«, grinst die Schnecke. »Früher oder später werden sie alle begreifen.«

Knorp glaubt nicht an Seelenverwandtschaft. Eher an Fleiß und Durchhaltevermögen, Kampfgeist. Die Schnecke jedoch stellt Althergebrachtes auf den Kopf.

Weit war er ja nicht gekommen mit seinen Werten, gesteht sich Knorp ein. Spätestens seit dem Erscheinen des Klagau wandelte sich alles.

»Sie sind weiter als Sie denken«, sagt die Schnecke. »Sie müssen es nur erkennen. Doch auch diese Fähigkeit ist eine Sache von Erfahrung. Bleiben Sie noch eine Weile im Teufelsmoor und Sie werden verstehen.«

Gleislaufen macht den Kopf frei, denkt Knorp, der sich gerade auf einer einsamen Landwirtschaftsstraße befindet.

»Mein Freund der Baum ist tot …« Eine singende Eiche wiegt sich hin und her. »Er starb im frühüüühen Mooooorgenrot.«

»Entschuldigen Sie bitte. Ich suche den Kunstpunkt.«

»So so.« Die Eiche steht nun kerzengerade da.

Haltungsnote eins, denkt Knorp, aber kein Puschel in der Krone.

»Wie alt sind Sie?«, ruft die Eiche, »Doch höchstens sechzig!«

»Neunundfünfzig.«

»Grünschnabel!«

Knorp schluckt.

»Na, dann wollen wir doch mal sehen, ob Sie die Fragen beantworten können, die zum Schlüssel des Rätsels führen.«

»Wie viele sind es?«, will Knorp wissen.

»Drei. Der Klassiker.«

Konzentration, denkt Knorp. X zu X und Y zu Y. Nichts durcheinander, nicht so ein Chaos wie mittags zwischen Archivgängen.

»Wer hat das Lied Mein Freund, der Baum gesungen?«, fragt die Eiche begeistert.

Oje. So ein Lied kennt Knorp weder vom frühkindlichen Gesangsunterricht noch von der Truppe.

»Ich gebe Ihnen einen Tipp. Der Vorname ist der Nachname eines 1926 geborenen österreichischen Schauspielers und Sängers, dessen Vorname Peter lautet. Davon die weibliche Form.«

Da war doch etwas. Knorp grübelt. Peter … »Alexander!«, ruft er hoffnungsfroh. Davon die weibliche Form. »Alexandra?«

»Zehn Punkte. Sehen Sie: Alt werden hat auch Vorteile.«

Knorp atmet auf.

»Hier ist ein Mensch lautete einer seiner größten Erfolge. Er verkaufte sich millionenfach«, behauptet die Eiche. »Und nun kommen wir zur zweiten Frage: Wie endet der Reim des Liedes von: Wo man singt, da lass dich nieder?«

Böse Menschen haben keine Lieder, denkt Knorp. Doch dann wäre die Peters trotz ihrer Taktlosigkeit ein wahrhafter Gutmensch mit ihrem aufdringlichen Trällern, das Gedanken zerschneidet wie einen Schwarzwälder Schinken.

»Die Zeit läuft.«

»Böse Menschen haben keine Lieder.« Nur noch eine Frage, denkt Knorp, dann wird sie ihm endlich den Weg verraten.

»Wenn Sie denken, das geht in diesem Einfachheitsgrad weiter, liegen Sie falsch«, sagt die Eiche kühl. »Für die letzte Frage habe ich ein ganz besonderes Rätsel ausgeklügelt.«

Ach herrje. Knorp sehnt sich nach Frau Peters Küche, nach ihrem Wohnzimmer, ihren Freundinnen. Selbst Thorsten Tietjens Witze hätten momentan etwas Erlösendes.

»Verzweifeln Sie nicht! Mein Herz ist voller Güte.«

Knorp schöpft Hoffnung.

»Kennen Sie das Lied Marmor, Stein und Eisen bricht?«

»Drafi Deutscher!«, rutscht es Knorp heraus.

»Richtig, aber das war nicht die Frage. Die Frage lautet: Auf welchen Baum bezieht sich der Nachname des Interpreten, der dieses Lied sang?«

Eschen, Erlen, Linden und allerhand Nadelbäume kommen ihm in den Sinn, ohne dass er einen Zusammenhang zu Drafi Deutscher herstellen kann. Knorp gerät ins Schwitzen.

»Die Zeit ist abgelaufen! Sie sind ein Dummkopf!«

Knorp schämt sich.

»Deutsche Eiche wäre die richtige Antwort gewesen«, sagt die Eiche beleidigt.

»Natürlich!« Knorp schlägt sich mit der flachen Hand gegen die Stirn.

Die Eiche stellt ihre Blätter auf.

Es vergeht einige Zeit, bis Knorp zu fragen wagt: »Der Kunstpunkt?«

»Chance vertan!«

Durch die Äste sieht Knorp den Himmel sich erst rötlich, dann dunkelrot verfärben: »Was für ein schöner Sonnenuntergang.«

»Deswegen kommt ihr Städter also hierher! Nur aus diesem Grund«, empört sich die Eiche.

»Gar nicht. Es geht uns um die Bäume. Manche von uns lassen sich sogar an Bäume ketten, um sie zu retten.«

»Würden Sie so weit gehen?«

Diese Frage hatte sich Knorp vorher noch nie gestellt. »Ich war noch nie in der Situation«, antwortet er wahrheitsgemäß.

»Würden Sie es in Zukunft tun?«

»Ich glaube ja.« Knorp überlegt. »Ja, ich würde es tun.«

»Dann will ich mal nicht so sein. Dann stelle ich Ihnen noch eine Frage.«

Knorps Blutdruck steigt.

»Könnten Sie bitte ein Foto von mir schießen?«

Ausgerechnet heute! Knorp bedauert zutiefst, das Gästehaus Hals über Kopf verlassen zu haben. Ohne Hut und Rucksack. Und die Kamera in den Händen eines Langfingers.

»Ich brauche keine Kamera«, sagt er. »Das Bedeutsame speichert sich im Herzen ab.«

»Wollen Sie damit sagen, dass Ihr Herz über ein fotografisches Gedächtnis verfügt?«, fragt die Eiche interessiert. »Die meisten Urlauber helfen ihrem Erinnerungsvermögen mit Digitalkameras auf die Sprünge. Sie knipsen Vögel oder sich selbst.«

Knorp nickt. »Mein Herz verfügt über ein fotografisches Gedächtnis, das den Tempoangebern längst abhanden gekommen ist.«

»Wirklich?« Die Eiche staunt. »Könnten Sie mich dann vielleicht mit Ihrem Herzen fotografieren?«

»Aber sehr gerne doch!« Knorp macht ein paar Schritte zurück, seine Hände umfassen einen unsichtbaren Apparat: »Bitte lächeln.«

»Warten Sie!« Die Eiche neigt sich leicht zur Seite: »Jetzt!«

»Klick.«

»Vielen Dank. Sehr freundlich von Ihnen.«

»Es war mir eine Ehre.« Knorp verbeugt sich.

»Ich muss Ihnen etwas gestehen«, kichert die Eiche verlegen. »Ich weiß gar nicht, wo sich der Kunstpunkt befindet. Ich interessiere mich mehr für die Natur, insbesondere für Bäume.«

die kuh ist ein wiederkäuer
sie lebt auf der weide fein
der stall ist ihr nicht geheuer
zu viel gemäuer
doch im winter muss sie rein

24. Juli

Knorp hatte bis Mittag geschlafen. Dachte zuerst, die Batterie seines Weckers sei defekt, so dunkel war es trotz Uhrzeit und Hitze. Wie im Archivgang A bis K, denkt Knorp, wo sich manch seltsamer Geselle tummelt.

Seine Knochen schmerzen, er war in der Dämmerung neben den Schienen gewandert, bis er über eine Wurzel stolperte, sich die Knie aufschürfte und ab da in der Mitte des Gleisbettes ging:

Von Schwelle zu Schwelle, als hätte ein Berühren der Zwischenräume etwas unumkehrbar Düsteres zur Folge. Diese von seiner natürlichen Schrittentfernung abweichende Distanz führte zu einem abgehackten Gehen und Denken, denn Denken und Gehen sind eins.

Mit jeder weiteren Schrittverkürzung endete das Auslaufen eines Gedankens im Vorfeld, was in einem Fehlen von Logik und Sinn münden musste – und schließlich im großen Nichts.

So wie auch Knorp eine Zeitlang den Eindruck hatte, er liefe ins Ungewisse, wenn nicht sogar in den eigenen Tod.

»Herr Knorp macht es richtig«, sagt die Peters. »Er hält seine Schweigemeditation durch. Nicht wahr?« Mit einem hölzernen Bratwender schiebt sie Pilzragout auf seinen Teller, häuft Salat in Porzellanschälchen.

»Was du nicht sagst«, grinst Tietjen, der mit Frau Peters vom Pilzsammeln gekommen war, als sei das Schweigen eine Lachnummer, auf die man entsprechend reagieren müsse.

»Seit Anbeginn seines Urlaubs am fünfzehnten Juli hat er mit niemandem ein Sterbenswörtchen gewechselt. Ich kann es nachempfinden.« Sie lächelt Knorp freundlich zu: »Guten Appetit!«

Alles in allem ein guter Tag, denkt Knorp, lässt sich das Pilzragout auf der Zunge zergehen.

»Pfifferlinge, Steinpilz und Butterröhrling, Herr Knorp«, informiert die Peters. »Unter den schattigen Bäumen Worpswedes findet sich so manch ein Hut.«

Knorp liebt Pilze. Sie sind bodenständig, nicht so abgehoben wie Spaghetti, die man heutzutage hart herunterwürgen muss. Oder Rucola, dessen Aufspießversuche ebenfalls nur misslingen können. Knorp tupft seine Mundwinkel ab.

»Natürlich muss man in der Lage sein, die unterschiedlichen Sorten auseinanderzuhalten. Wussten Sie eigentlich, dass jeder Pilz einen Doppelgänger hat, Herr Knorp?«

Knorp schüttelt den Kopf. Denkt an das doppelte Lottchen, das fliegende Klassenzimmer und an Emil und die Detektive.

»Es ist hochinteressant. Es gibt Pfifferlinge und falsche Pfifferlinge, die sich in der Farbe des Fleisches unterscheiden. Doch keine Sorge: Der falsche Pfifferling ist nicht giftig.«

»Nur ein falscher Fuffziger«, lacht Tietjen.

Der Ausdruck Keinen Pfifferling wert sein kommt Knorp in den Sinn, während er die Farbe der Pilze untersucht. Sie ähnelt denen der plastikverpackten aus dem Supermarkt, wie er beruhigt feststellt.

»Satanspilz und Hexenröhrling sind auch so ein Gespann«, fährt die Peters fort und nippt an ihrem Weinglas. »Panther- und Perlpilz. Während der Perlpilz essbar ist, führt der Pantherpilz zu schweren Vergiftungen.«

»Und wie steht's mit Panther- und Fliegenpilz?«, wirft Tietjen ein. »Werden nicht beiden halluzinogene Wirkungen nachgesagt?«

»Schon möglich. Wir aber essen nur Pfifferlinge und Steinpilze«, lacht Frau Peters und prostet den Männern zu.

Knorp beginnt, sein Ragout zu untersuchen. Täuscht er sich oder sind das nicht weiße Punkte auf rotem Hut? Womöglich hat er schon. Am liebsten würde er jetzt alles stehen lassen.

»Wie schmeckt es Ihnen, Herr Knorp?«

Er nickt, versucht, die Punkte aus seinem Gedächtnis zu streichen. Man isst, was auf den Tisch kommt und geht zum Lachen in den Keller.

Wer weiß, wie viele Leichen dort liegen, denkt Knorp, als er herunterschluckt, sein letztes Bisslein schlagen hört.

»Sehr fein«, lobt Tietjen. »Selbst gesuchte Pilze, das nenn ich zurück zur Natur!«

Wer sich in Gefahr begibt, kommt darin um. Knorp wird von tiefer Trauer übermannt, von einem neuen Gefühl, das sich durch den Magen in sein Herz gräbt.

»Habt ihr gestern die Nachricht in der Zeitung gelesen?«, fragt Frau Peters. »Ein Hobbygärtner starb an seiner selbst gezogenen Zucchini durch einen Giftstoff, der aus den handelsüblichen Zucchinis schon längst herausgezüchtet war.«

Knorp versucht, sich auf etwas anderes zu konzentrieren.

»Starb er sofort nach dem Verzehr?«, fragt Tietjen neugierig.

»Ja. Er hatte das Gemüse aufgegessen im Gegensatz zu seiner Frau, die fand, dass die Zucchini seltsam bitter schmeckte und ihr Essen stehen ließ.«

»Sagt man eigentlich Zutschini oder Zuckini?«, fragt Tietjen.

Knorp ist kein Small-Talk-Typ. Das elende Pausengeschwätz, der Zwang zum Freundlichsein, wo keine Verbindlichkeit mehr zählt in der heutigen Zeit. Womöglich haben sich die weißen Punkte längst im Ragout aufgelöst.

»Schmeckt es Ihnen nicht, Herr Knorp?«

Knorp beeilt sich, eine Gabel voll in den Mund zu schieben. Wäre man Hamster, könnte man erst einmal alles in den Backen verstauen und dann weitersehen. Er nickt Frau Peters freundlich zu.

»Na, da bin ich aber beruhigt«, atmet sie auf. »Nicht dass Sie am Ende noch eine Fastenkur einlegen.«

Vollpension und Fasten. Was für eine absurde Vorstellung, denkt Knorp. Tapfer schaufelt er Pilzberge in sich hinein, bis er das Gefühl hat zu platzen.

»Als Dessert gibt es Rote Grütze mit Vanillesauce.«

Am liebsten würde Knorp jetzt seinen Hosenknopf öffnen.

»Bauch und Rücken sind eins, Herr Knorp«, hatte die Physiotherapeutin gesagt. »Schlaffe Bauchmuskeln und ein schlapper Rücken …« Dann fanden ihre Finger seinen wunden Punkt.

Er streckt den Rücken durch, atmet tief ein.

»Kein Dessert mehr?«, fragt Frau Peters.

Knorps Hand wandert wie zum Dank auf seinen Bauch, während er freundlich den Kopf schüttelt.

»Also doch die Fastenkur.« Frau Peters lacht – und Knorp lacht zurück.

»Übrigens verschwinde ich heute noch mal bis morgen, Herr Knorp. Ein Schwitzhütten-Seminar. Sie wissen ja, wo Sie alles finden.«

Als Knorp sich die Treppe hinaufschleppt, fühlt er Tietjens Blicke im Nacken. Er hört die klappernden Schuhe der Wirtin, hört, wie sie sagt: »Dann kriegst du eben doppelt Rote Grütze, Thorsten. So wie Jan. Der blöde Hammel wollte immer Nachschlag.«

Ein Tag im Gästehaus, an dem er unbeobachtet ganz er selbst sein kann. Knorp verscheucht einen Gedanken, das Badezimmer ist tabu, so wie auch sein Schrank für andere tabu sein sollte.

Wut steigt in ihm auf, er denkt an Rache. Gleichzeitig hat er das Gefühl, als stimme etwas nicht. Mit seinen Ohren. Seinem Fuß. Als würden die Ohren wachsen, während sich der Fuß in den Boden gräbt. Knorps Ohren fühlen sich ungewohnt flauschig an.

Knorp denkt an Moorschnucken, fährt mit den Fingern weiter hinauf. Seine Ohren scheinen endlos zu sein. Schweiß perlt von der Stirn, während sich Prof. Dr. Lepus und Dr. h. c. Lepus in seine Gedanken drängen.

Knorp berührt sein Hinterteil. Keine Blume! Die Sache mit dem Fuß allerdings scheint ernster zu werden. Knorp kann seine Zehen nicht mehr bewegen. Statt aufzutreten, scharrt der linke Fuß auf dem Boden. Vielleicht ist er eingeschlafen?

»Fürs Walken braucht man keinen Platz, Herr Knorp. Da ist sogar der schmalste Archivgang breit genug.«

Wie eine vom Militär war sie ihm vorgekommen, fehlte nur noch die Uniform, wie sie auf der Stelle trat mit diesem Grinsen im Gesicht. Die Arme angewinkelt, als ginge es darum, sich mit den Ellenbogen einen Weg durch die Menschheit zu bahnen.

Knorp versucht, es der Bube gleichzutun, doch sein Fuß wird schwerer, als ob er anschwillt.

Er setzt sich auf den Rand des Bettes, zieht sein linkes Hosenbein hoch. Seine Augen weiten sich vor Schreck: Ein Huf!

Es dauert eine Weile, bis er wieder zu sich kommt. Er ist ja einiges gewöhnt, kennt sich aus im Umgang mit schwierigen Kollegen, Rentenbescheiden und Albträumen. Doch dieses Mal?

Knorp linst hinunter, eine Hoffnung stirbt, dass die Ohnmacht der Phantasie längst Beine gemacht haben wird. Ein tiefer Seufzer hallt durch das Gästezimmer. Wenigstens ist die Peters nicht da.

Ein Mann steht seinen Knorp. Versucht, in seinen Cordpantoffel zu schlüpfen, der viel zu eng ist für den Huf. Hebt das Bein, bewegt den Unterschenkel hin und her, um zu sehen, ob das Knie noch funktioniert. Oder ob jetzt der Zeitpunkt für ein künstliches Gelenk gekommen ist.

Das Knie scheint keinen Schaden genommen zu haben. Auch nicht sein rechter Fuß, der nun den Anschein erweckt, als sei er falsch.

Es gibt kein Richtig und kein Falsch, erkennt Knorp. Alles eine Sache des Blickwinkels. Wäre man Pferd …

Jetzt oder nie! Er nimmt seinen Mut zusammen und hinkt Richtung Badezimmer.

Warum eigentlich muss er sich vorkommen wie ein Einbrecher, wo doch die Peters in seinem Schrank herumwühlte.

Knorp vegetiert in einem Kerker, während er leise die Klinke herunterdrückt. Die Tür öffnet sich, er braucht sie also nicht mit seinem Huf einzutreten. Er wäre dazu fähig, spürt eine grenzenlose Kraft in sich, irgendetwas Höheres, denkt Knorp, dann betritt er den Raum.

Fast hätte er laut geschrien. Jemand blickt ihn aus einem gepolsterten Sessel an. Knorp denkt an hässliche Filme, nach denen keiner mehr duscht, geschweige denn den Fernseher anstellt. Er schnaubt und scharrt nervös mit dem Huf, bis er eine Schaufensterpuppe erkennt: olivgrüner Lodenanzug, Flinte im Arm. Auf einer Kleiderstange hängen Fahrradtrikots mit dem Namen einer Versicherung. Ein Regal mit Tierlexika und Notizbüchern. Eine leere Flasche Rasierwasser.

Knorp zittert. Er hatte mit etwas anderem gerechnet. Mit einer Gummiente oder einem in der Wanne schwimmenden Weihnachtskarpfen.

Von den Pferdeweiden dringt vereinzeltes Wiehern herauf. Nur nicht nachdenken! Knorp setzt sich auf den Treppenlift, der ihm wegen des Hufs praktischer erscheint als die Stufen.

Die Peters erzählte, sie hätte den Lift damals einbauen lassen, als sich ihr Mann das Rennrad kaufte. Für den Fall der Fälle.

Knorp drückt auf den schwarzen Knopf – und schon geht es bergab.

Langsam pirscht sich er sich an die Pferde, die bei den Gleisen weiden, heran. Knorp will sie nicht erschrecken, außerdem hat der Huf seinen Gang verlangsamt. Kein Schritt, kein Galopp, irgendetwas dazwischen.

Sie haben bestimmt einen Rat für mich, denkt Knorp. Neue Freunde. Es wird ihm warm ums Herz.

»Was ist das denn für eine Missgeburt?« Ein Hengst wirft seinen Kopf in Knorps Richtung.

»Habt ihr den Huf gesehen?«

Lautes Wiehern.

»Sie müssen Ihren Huf pflegen!«, ruft ein anderer. »Sonst kann es passieren, dass Sie völlig erlahmen.«

»Womit pflegen?« Knorps Stimme, so fremd.

Der Hengst schüttelt den Kopf: »Macht einen auf Pferd, aber hat keine Ahnung.«

Ein Pony gesellt sich dazu: »Kratzen Sie die Strahlfurche aus, entfernen Sie sodann die Steine, die sich angesammelt haben.«

»Warum tragen Sie kein Hufeisen?«, fragt eine Stute. »Es gibt einen Schmied hier ganz in der Nähe, Herr Hansen. Sehr einfühlsam. Lassen Sie Ihren Huf bei zunehmendem Mond beschlagen.«

An solche Dinge musste Knorp in seinem bisherigen Leben noch nicht denken. Strahlfurche. Er wagt es nicht, seinen Huf zu heben, um zu sehen, was sich darunter verbirgt. Sagt stattdessen: »Unendliches Glück auf der Weide, nur ich stehe hier und leide.«

»Wie uncool!« Der Hengst wirft ihm einen verächtlichen Blick zu.

Knorp weiß auch nicht genau, wie diese Worte in seinen Mund kamen, die so wenig nach ihm klingen.

»Kommt, wir wollen mit dem Weichei nichts zu tun haben.«

Die Pferde folgen dem Hengst im schönsten Trab, ihre Hufe glänzen, und Knorp bleibt allein zurück. Ein Elendshäuflein.

»Ich fand den Reim schön.«

Die Blätter einer Trauerweide streifen seinen Arm.

Knorp lässt die Ohren hängen, den Kopf in die Hände gestützt, steht er da.

»Er passt zu Ihnen.«

»Er stammt nicht von mir.«

»Das macht nichts, Sie haben ihn schön aufgesagt. Dadurch wurde er zu einem Teil von Ihnen.«

Er wäre lieber ein Teil der Pferdegruppe geworden. Freunde, denkt Knorp.

Die Trauerweide summt leise vor sich hin. »M m m … mmmmmmm … m mmm.«

Knorp erkennt die Melodie: Mein Freund der Baum, ist tot.

»Es gibt so viele Arten. Mit den Kremsergäulen würden Sie sich bestimmt gut verstehen.«

»Die Kremsergäule?« Knorp hebt seinen Kopf.

»Sie ziehen Touristen durch die Gegend. Menschen, die ihre Beine nicht bewegen können oder wollen. Menschen, die müde sind.«

»Sind die Gäule nie müde?«

»Doch«, sagt die Trauerweide. »Aber darum geht es nicht. Jeder hat seine Aufgabe zu erfüllen. Als Lohn erhalten sie freie Kost und Logis.«

»Was sagen die Touristen dazu?«, fragt Knorp.

»Sie sind sich dessen nicht bewusst. Und vielleicht ist es auch besser so, sonst würden sie noch mit Segways durch die Gegend fahren.«

»Stehend in der Kolonne mit einem schwarzen Helm auf dem Kopf?« Knorp denkt an Hartkekse, an den Truppenübungsplatz.

»Welch eine Verhöhnung des Schöpfers«, klagt die Trauerweide.

»Sie sprechen mir aus der Seele«, seufzt Knorp.

»Aber jetzt das Gute: Wir können uns jederzeit neu erfinden.«

»Jederzeit?«

»So wie ich hier stehe.« Sie bückt sich zu Knorp herunter. »Könnte es sein, dass Sie im falschen Körper stecken?«

»Nur teilweise«, jammert Knorp. »Das ist doch das Problem.«

»Probleme sind da, um gelöst zu werden. Was halten Sie von Katze?«

Katze?

»Probieren geht über Studieren!«

Was habe ich schon zu verlieren, fragt sich Knorp. Und überhaupt: in der Nacht sind alle Katzen grau.

Er streckt Oberkörper und Arme Richtung Boden, will den rechten Fuß mit der rechten Hand gleichzeitig aufsetzen, danach den linken, wobei der Huf keinen richtigen Halt bietet.

Instinktiv spürt Knorp, dass es falsch ist. Nur Kamele gehen im Passgang, die Katze dagegen schleicht seiten- und zeitversetzt. Und das bedarf einer großen Umstellung, so als würde man rückwärts sprechen oder einen Gedanken von seinem Ende heraus beginnen.

Die Wirbelsäule fühlt sich erstaunlich gut dabei an. Knorp faucht. Er beobachtet erfreut, wie eine kleine Maus vor ihm Reißaus nimmt.

blutweiderich am wegesrand
mein herz hüpft auf und nieder
ich schenk dir meinen treuepfand
auf bald
ich komme wieder

25. Juli

So ganz genau weiß Knorp nicht, was letzte Nacht geschah und wie er wieder nach Hause kam. Schemenhafte Bilder ziehen durch seinen Kopf wie Nebel, der Weiden in Weiher verwandelt.

Ob er Mäuse oder Vögel gejagt hat, und wenn ja, wie viele, weiß er nicht, vielleicht will er sich auch nicht an den Blutrausch erinnern, der all jene überkommt, die sich neu erfinden. Nur der Pilzkopf, der ihm laut johlend den Weg versperrte, hat sich tief in sein Bewusstsein eingegraben.

Auf einmal verharrt eine Ziege vor Knorps innerem Auslöser, genau genommen ein Ziegenbock, der ihn misstrauisch beäugt.

Hörnchen auf dem Kopf, stieß er, als Knorp vorbei ging, sein eigenartiges Blöken aus mit einer Stimme wie von einem Menschen.

Knorp hält sich lieber fern von Uneindeutigem, aber der Eindruck, den dieses, ja, jugendliche Blöken auf ihn machte, ließ ihn die Jagd unterbrechen, seinen vom Bücken dunkelrot verfärbten Kopf Richtung Bock drehen – und er traute seinen Augen nicht, als das grinsende Tier zum Victory-Zeichen anhob, bevor es, mit den Vorderbeinen zuerst, in die Knie ging, um zu schlafen.

Kleiner Teufel, denkt Knorp. Wieso Sieg und über wen eigentlich? Oder bezog sich das V auf seine Hasenohren? Die sind über Nacht verschwunden, stellt

Knorp erleichtert fest, nur nicht der Huf, den er mit sich herumschleppt wie überflüssiges Gepäck.

Er hat noch nicht gefrühstückt, spürt keinen Hunger. Sturmfreie Bude. Nur ein Schaufenstermann im Bad und die bloße Vermutung, wie etwas gewesen sein könnte.

Ein vorzeitiges Abreisen steht außer Frage. All inclusive, denkt Knorp. Beim nächsten Mal wird er eine Reiserücktrittsversicherung abschließen. Falls er noch einmal verreist. Denn das Lied, das die Peters ihm vorspielte, führte ihm die Illusion des Hin- und Wegseins deutlich vor Augen: Ich bin ein Fremdling überall.

Er würde gerne das Ende hören. Sein erster Impuls ist es, sich wieder auf alle Viere zu stellen, doch er entschließt sich für die aufrechte, dem Menschen gegebene Haltung und steigt, mit beiden Händen das Geländer umklammernd, Stufe für Stufe die Treppe hinab. Dabei den Huf unter Kontrolle zu halten, wird zum Geschicklichkeitstest, mit dem Treppenlift wäre es leichter gewesen.

Wie ein Eindringling kommt er sich vor, auch wenn die Rollen von Opfer und Täter vertauscht sind. Je länger Knorp darüber nachdenkt, desto unlogischer und unheimlicher erscheint ihm alles.

Er vergewissert sich, dass die Wirtin nicht doch im Wohnzimmer lauert, dann humpelt er zum Plattenspieler, auf dem noch Des Fremdlings Abendlied liegt. Knorp bringt die Tonnadel in Position. Es knackst, als er seine Augen schließt, um der Musik zu lauschen.

»Und was sie reden, tauber Schall,
Ich bin ein Fremdling überall.«

Hier kann er nicht mehr an sich halten, hier wird auch ein Archivar Knorp sentimental, bei so viel Abbildung seiner Selbst in einem Lied aus längst vergangenen Tagen.

Und Nächten, denkt Knorp bewegt, während die Stimme des Sängers tief ausholt:

»Wo bist du, mein gelobtes Land? Gesucht, geahnt und nie gekannt? Das Land, das Land so hoffnungsgrün, das Land, wo meine Rosen blühen? Wo meine Träume wandeln gehen, Wo meine Toten auferstehen. Das Land, das meine Sprache spricht, und alles hat, was mir gebricht? Ich übersinne Zeit und Raum, ich frage leise Blum' und Baum. Im Geisterhauch tönt's mir zurück: Dort, wo du nicht bist, dort ist das Glück!«

Weiche Klavierakkorde lassen den letzten Satz in Knorps Ohren nachhallen.

Dort, wo du nicht bist, ist das Glück, bedeutet im Umkehrschluss, dass das Pech hier lauert! Im freundlichen Gästehaus im Teufelsmoor.

Normalerweise hält er nichts von Handauflegen oder ähnlich faulem Zauber. Ist eher davon überzeugt, dass sich ein Leben mit ausreichend Ordnungssinn in gute Bahnen und eine sichere Zukunft lenken lässt. Zumindest dachte er damals so. Vor dem Klagau.

Knorp dreht das Überraschungsei in seinen Händen. Und nun?

Das Alupapier haftet an der Schokolade, die an manchen Stellen Falten wirft. Sie muss an heißen Tagen und Nächten geschmolzen sein, bevor sie sich wieder zusammenzog und in Form brachte. Vielleicht war es auch ein ewiges Hin und Her, wie man es von den Gezeiten kennt, nicht aber vom Moor.

Dass er es noch immer nicht gefunden hat, wundert Knorp einen kurzen Augenblick, dann drückt er auf die Schokoladennaht, um das Ei zu halbieren. Er hat sich vorgenommen, die süße Hülle nicht zu essen. Womöglich ist das Geschenk ein *gift*, das auf das vorzeitige Ableben des einzigen Feriengastes abzielt. Denn jeder nicht ausgegebene Cent für die Vollpension lässt das Konto der Killerwitwe anschwellen. Geradezu explodieren.

Sie hat es auch auf dich abgesehen, denkt Knorp. In diesem Haus lauern Pech und Tod in ihrer eigenartigsten Form.

Er fährt mit der Hand über seinen Huf, als sei der ein liebgewonnener Begleiter.

Knorp würde sich nicht wundern, wenn sich im Inneren des gelben Plastiks ein Astronaut befände, denn auf Logik ist heutzutage kein Verlass mehr. Der Kunststoff leistet Widerstand. Erst als Knorp mit Daumen und Zeigefinger Druck ausübt, lösen sich die Teile voneinander, und ein grünes Etwas fällt auf den Boden.

Knorp hebt die Figur auf: kein Astronaut, sondern ein Nashorn, das sogleich in seine Hosentasche wandert. Von fern winken Maisfelder, stummes Glück. Jemand schließt die Haustür auf.

»Dem Ersten die Eier, dem Zweiten sein Reiher, den Dritten holt der Geier«, pfeifen die Spatzen von den Dächern.

Höchste Eisenbahn! Knorp schnallt seinen Rucksack um und springt aus dem Fenster. Erst geht es kurz in die Tiefe, dann scheint er wie ein Vogel zu fliegen, während sich seine Arme auf- und abbewegen, anfangs wild und ungestüm, später in gleichmäßigem Rhythmus, als täte Knorp den lieben langen Tag nichts anderes, als sich entspannt durch die Lüfte zu schwingen.

Komme was wolle, denkt Knorp: Die Welt liegt mir zu Füßen. Er überwindet seine Höhenangst, wagt einen Blick hinab und stellt fest, dass er sich nicht fast im Himmel befindet, sondern in den Fängen einer gigantischen Wäschespinne – auf Höhe des Wohnzimmers, in dem Frau Peters rotwangig trällernd zu ihrem Plattenspieler geht, um erneut Schuberts Abendlied zu hören.

»Sie müssen loslassen«, ruft jemand. »Jedes Loslassen ist Befreiung.«

Knorp entdeckt die Schnecke auf den Gleisen. Er verkneift sich ein »Weit sind Sie ja nicht gekommen«, fragt stattdessen: »Wie?«

»Sie müssen den Rucksack hinter sich lassen und in den Riesenfarn springen.«

Leichter gesagt, als getan.

»Lassen Sie sich fallen!«

Knorp schält seinen linken Arm aus dem Riemen, schließt die Augen und hält seine Nase zu. Dann löst er auch den rechten Arm.

»Autsch!«, ruft die Schnecke als Knorp mit dem Huf aufschlägt.

Seltsamerweise spürt er keinen Schmerz. Auch der Farn ist stabiler als er dachte. Instinktiv tastet Knorp die Konturen des Nashorns ab.

Nun aber nichts wie weg, bevor die Peters kommt!

Es ist ein fröhliches Wandern. Die Melodie im Kopf mehr Dur als Moll, Flügel im Hirn, Schmetterlinge auf den Ohren, stapft Knorp den Weg Richtung Mühle, die heute reglos verharrt.

Alles steht still, denkt er, nur der Mensch ist in Bewegung, das Leben eine einzige Wanderschaft.

Er folgt dem Schild Neu Helgoland, wird von Radfahrern überholt und von Campingwagen, die an Schneckenhäuser erinnern.

Es muss schön sein, darin zu schlafen, während man wie von Geisterhand gezogen wird. Einen Moment lässt er sich gehen, doch dann siegt die Vernunft, denn Knorp ist Realist, kein Träumer.

Auf der asphaltierten Straße kommt er trotz des Hufs zügig voran, marschiert auf der richtigen Seite, damit ihn die gegnerischen Autofahrer im Blick haben. Was nützt eine Helmpflicht für Segwaysteher, läuft doch der Geher ungeschützt durch die Landschaft als schwächstes Glied der Verkehrskette!

Nach dem Urlaub könnte er sich ja für neue Verordnungen einsetzen, für ein gesetzliches Miteinander von Gehern und Stehern, Schnecken und Rasern.

Eine sinnvolle Aufgabe, vermutet Knorp, ein Ehrenamt, wo doch die letzten Tage im Archiv so unwürdig endeten.

Scheinwerfer blinken ihn an, denn hier wird nicht nur nachts geleuchtet. Ein Wanderstock fehlt, ein Ast für Balance und Status. Knorp stellt sich inmitten eines Rahmens vor.

»Starke Frauen«, hatte die Peters erzählt und dass hier viel gemalt werde in Worpswede.

Knorp zieht eine Grimasse, als wäre die Kunst es nicht einmal wert, auch nur den geringsten Gedanken an sie zu verschwenden. Dabei, findet er, grenzt es ja fast schon an Kunst, wie er hier durch die Landschaft flaniert mit seinem Pferdehuf.

Zwischendurch macht ihm der Schotter zu schaffen, auch wenn allzu Eilige aufs Gas drücken und Staubwolken sich vor ihm auftürmen. Andererseits erkennt ihn so keiner, und Anonymität birgt Vorteile. Gerade in solch einem Fall wie diesem, seiner Flucht.

Die Schnecke hatte Recht: Es fühlt sich an wie Befreiung. Nichts und niemand – nur er und das Nashorn in seiner Hosentasche. Sein Talisman.

Knorp setzt sich auf eine Holzbank und zieht die Figur hervor. Er fragt sich, ob das Nashorn früher auch schon lächelte, schiebt es behutsam in seine Hosentasche zurück.

Vielleicht war es ein Fehler, ohne Rucksack loszumarschieren, womöglich sucht ihn die Peters und meldet ihn als vermisst. Keine Polizei! Er möchte sich nicht erklären. Am Ende glaubt man noch, er hätte den Peters auf dem Gewissen.

Blödsinn, denkt Knorp. Welcher Mörder gibt schon eine Vermisstenanzeigen auf? Sie wird den Teufel tun und natürlich verschweigen, dass auch ein zweiter Mann, ein Feriengast Knorp, verschwunden ist, sonst würde sie des Doppelmordes bezichtigt. Knorp stellt sich die Wirtin im Worpsweder Gefängnis vor.

Der Gedanke verschafft ihm Genugtuung, mehr noch: Befriedigung. Sein Gerechtigkeitssinn war von jeher stark ausgeprägt, aus diesem Grund kann er das, was ihm widerfuhr, nur schwer akzeptieren. Die Dinge liefen aus dem Ruder, das ganze Leben. Am Ende bleiben ein paar Erinnerungen, die im Laufe der Zeit verblassen.

Er wüsste zu gern, ob er wenigstens eine kleine Spur im Gedächtnis der Trauerweide hinterlassen hat und ob er den Bären jemals wiedersehen wird. Er denkt an die fotogene Eiche und staunt, wie gesellig er wurde während seines Urlaubs hier in Worpswede. Viel fehlt nicht, und das Lied Du bist ein Fremdling überall trifft gar nicht mehr auf ihn zu.

Dann aber siegt die Vernunft: Sentimentalität ist etwas für Waschweiber, nichts für logische Archivare. Er erhebt sich von der Bank, ignoriert den Huf und marschiert tapfer weiter.

Manch einer stellt sich eine Hochseeinsel vor, vielleicht etwas kleiner geraten als das traditionelle Eiland, das sich nur nach starkem Seegang erreichen lässt.

Neu Helgoland aber ist eine Hammehütte, die Knorp übersieht. Ein Badestrand, eine Brücke über den Fluss, Wiesen und Weiden ...

Knorp versucht, hässliche Bilder zu verdrängen von unbekleideten Wirtinnen, die ihre Gäste zu Rad- und Badeausflügen nötigen. Soll sich doch jeder ertüchtigen, wie er lustig ist – aber bitte ohne ihn! Eine Gruppe roter Kühe wandert in Reih und Glied über das Brückengeländer.

Kunst, denkt Knorp, während sich Schwalbennester im Wasser spiegeln.

Der Durst treibt ihn Richtung Campingplatz. Glücklicherweise hat Knorp immer einen Notschein dabei, einen Zehner oder Zwanziger, der ihm gleich sehr nützlich sein wird.

Es hat zu nieseln begonnen. Die Urlauber scheinen es sich in ihren Wohnmobilen gemütlich zu machen, nur ein paar Kanuten treiben im Zickzack über den Fluss.

Dass der Kiosk geschlossen ist, trägt Knorp mit Fassung. Der Regen ist Erfrischung genug.

An der Gabelung entscheidet er sich für die gerade Strecke, bloß keine Um- oder Abwege, keine Autos, keine Menschen. Rechts und links vom Weg wächst die Kamille, gelbe Knopfblüten vor schmalen Gräben.

Weit kann das Moor nicht mehr sein. Knorp wirft einen vorsichtigen Blick auf die Weiden. So viel Auslauf wie eine Kuh hat der Mensch nicht, braucht er auch gar nicht, denn Weite entsteht im Kopf.

Was eine Kuh gar nicht wissen kann, denkt Knorp, natürlich erst, nachdem er Ausschau hielt, ob nicht womöglich ein Eberhard sich in der Herde versteckt.

Doch es ist eine freundliche Gruppe. Beinahe aufgeschlossen, wie sie ihn schweigend beäugen. Beziehungsweise ihre Köpfe senken, um gleichgültig weiterzugrasen. Die Kuh ist die Gelassenheit in Person im Gegensatz zum Bullen.

Nach dem Regen brennt die Sonne herunter. Knorp kneift die Augen zusammen und marschiert weiter. Vielleicht nicht ganz so stramm wie vor dem Huf, doch immer noch voll eisernen Willens.

Heute ist sein zehnter Urlaubstag. Die Zeit verging wie im Flug: zwei ganze Wochen, die er sinnvoll nutzen wollte. Zwar besitzt er keine Kamera mehr, scheint aber seinem großen Ziel, dem Reiher und dem Moor, so nahe zu sein, wie nie zuvor. Entwässerungsgräben säumen seinen Weg.

»Den Eersten sien Dod, den Tweeten sien Not, den Drütten sien Brod.«

Die Peters hatte ihm von den Kolonisten erzählt, die ihr Zuhause verließen, um das Moor urbar zu machen. Ewige Dunkelheit, brennendes Torf und schwarze Kähne, die mit braunen Segeln durch Kanäle glitten. Kälte, Hunger, Tod.

Knorp spürt einen Kloß im Hals, fühlt sich mitschuldig, obwohl er noch nicht einen Schluck Wasser getrunken hat. Er trocknet seine Stirn mit dem Ärmel. Nur nicht nachdenken.

Manchmal fühlt er sich aus dem Nichts heraus schuldig. So wie jetzt:

Schuldig, dass er sich einfach aus dem Staub macht, statt den Mord an Herrn Peters anzuzeigen. Schuldig, dass die Bube damals im Archiv über sein Bein stolperte und nicht über den Karteikasten, auch wenn es den Anschein hatte. Schuldig, dass er der Bubekatze in einem unbeobachteten Moment eine Tafel Zartbitterschokolade hingeworfen hatte. Sogar schuldig am Mord an Herrn Peters.

Es würde ihn nicht wundern, wenn er, Roderich Knorp, statt Frau Peters hinter Gitter käme.

Vielleicht ist Schuld das falsche Wort, denkt er, vielleicht geht es um Verantwortung. Denn so ein Archiv ist eine Sache für sich – und eine durch Außenstehende verursachte Unordnung auf keinen Fall zu tolerieren!

Beinahe vergisst er nun, dass er auf der Flucht vor der Mörderwitwe ist. Die Sonne löscht seine Gedanken aus, ähnlich dem Klagau, der handbeschriftete Karteikarten in den Reißwolf warf, Knorps Wirken und Schaffen mit einem Handgriff vernichtete und so einen zuverlässigen Mitarbeiter dem Digitalen opferte.

Eines aber ist sicher: Sein Herzensgedächtnis lässt er sich von niemanden zerstören! Knorps Gedanken sind bei der Eiche. Es kommt nicht oft vor, dass man sich mit Wildfremden austauscht und auf Anhieb versteht.

Unsichtbare Grillen zirpen in einem fort. Wo sie sich wohl verstecken? Was sie zu sagen haben? Es klingt nach gemeinsamer Sache, womöglich eine Verschwörung, auf die sofort zu reagieren ist.

Knorp denkt an die Wüste. Viel fehlt nicht, und er bricht zusammen.

»Wie wär's mit einem Glas Wasser?« Ein Mann mit Hörnermütze und Bauchladen auf einer Brücke.

Knorp traut seinen Augen nicht, als den Wikinger wiedererkennt. Erleichtert ruft er: »Moor and Moor!«

»Wie bitte?« Der Mann setzt eine erstaunte Miene auf, bevor er ihm eine Flasche Wasser reicht.

»Thank you«, sagt Knorp.

»Macht zwei Euro.«

Knorp trinkt das Wasser auf ex. Dann wühlt er in seiner Hosentasche, findet nichts außer dem Nashorn und einem gebrauchten Papiertaschentuch.

»Leer.«

»Jeder Mensch trägt etwas mit sich herum«, lächelt der Wikinger wissend.

Knorp zeigt die Figur. »Ein Nashorn«, erklärt er.

»Dein Talisman?« Der Wikinger scheint über etwas nachzudenken.

»Wundervoll«, sagt Knorp mit Blick auf die Seenlandschaft, die plötzlich vor seinen Augen auftaucht.

»Das sogenannte Breite Wasser. Hier fließen Beek und Hamme ineinander. Möwenkolonie und Rastplatz diverser Zugvögel.«

Ob es hier auch einen Moorreiher gibt, will Knorp fragen, doch sein Huf brennt wie Feuer. Knorp verzieht das Gesicht.

»Hast du Schmerzen?«

»Mein Fuß brennt.« Sein Blick fällt auf die Füße des Wikingers. Statt seines Ski-Schuhs trägt dieser heute einen gelben Gummistiefel.

»Du musst dich ablenken. Hörst du die Grillen zirpen?«

»Wundervoll.«

»Stridulation«, erklärt der Wikinger. »Sie reiben ihre Flügel aneinander und erzeugen so Musik.«

Dann sind ja Grillen, wenn man es genau nimmt, die großen Schweiger, sinniert Knorp.

»Wie immer geht es um Revierkämpfe, ums Werben während der Balzzeit – nur die Männchen stridulieren.«

Knorp denkt an den blauen Moorfrosch, an Frau Peters roten Bikini. Er würde jetzt lieber das Thema wechseln.

»Es gibt sogar Maulwurfgrillen.« Der Wikinger legt seinen Bauchladen ab und stützt sich auf einen Dreizack. »Sie leben unter der Erde und schädigen die Pflanzen.«

Ein Dreizack, denkt Knorp. Er sollte sich auch schnellstens einen Ast suchen, um seinen Huf zu entlasten. Wie es sich wohl mit einem Dreizack geht?

»Versau dir nie deine Ohren mit schlechter Musik. Das Motto muss lauten: More Gefühl, less Kalkül.« Er senkt seinen Kopf, flüstert Knorp ins Ohr: »Merk dir nur diesen Namen: Erwin Nieregiehasi. Pianist. Er wird ganz anders geschrieben. Der spielt wie der Teufel. Der schlief in der New Yorker U-Bahn und trat mit einer Henkersmaske auf!«

Knorp weicht zurück, während der Hörnermann mit seinem Dreizack in den Schotter kritzelt: Ervin Nyíregyházi.

Knorp will weiter, doch seine Kehle fühlt sich auf einmal so trocken an.

»Lass uns tauschen«, schlägt der Gehörnte vor, »noch eine Flasche Wasser gegen das Nashorn!«

Mein Talisman, denkt Knorp.

»Mach dir keine Sorgen. Sie sind sowieso am Aussterben. Weltweit gibt es nur noch 60 Java-Nashörner, der Rest ging bei der Jagd auf das Horn drauf. Du weißt doch: Das Leben ist kein Ponyhof.«

Hier muss er ihm leider Recht geben. Außerdem schützen Ü-Ei-Figuren nicht vor dem Austrocknen, vor dem Kollaps. Schweren Herzens reicht Knorp das enttäuschte Nashorn weiter. Wie weit es wohl noch bis zum Moor sein mag?

»Mach dir keine Gedanken. Rein physikalisch ist es unmöglich, im Moor zu versinken.« Der Wikinger öffnet eine Kühlbox. »Alles nur eine Erfindung der Märchentanten.«

Knorp runzelt die Stirn.

»Die Leute starben unter anderen Umständen. Später wurden ihre Leichen ins Moor geworfen. Manchmal handelte es sich dabei um bedauernswerte Menschenopfer.«

Knorp glaubt, ein heiseres Lachen zu hören, während der Hörnermann den Betroffenen mimt.

»Im Moor hat noch keiner sein Leben verloren, glaub mir.« Der Hörnermann drückt ihm eine Flasche Mineralwasser in die Hand. »Da sind fünfundzwanzig Cent Pfand drauf.«

In diesem Fall hätte Knorp die Einweglösung bevorzugt. Wer weiß, ob er im Moor eine Pfandannahmestelle findet, wo er sich doch darauf konzentrieren muss, auf sicherem Grund zu gehen. Denn Knorp glaubt nicht an Gute-Nacht-Geschichten gehörnter Gesellen.

Er will mir die Angst nehmen, denkt er, obwohl der Anblick eines aus dem Moor ragenden Menschenopfers so beruhigend auch wieder nicht ist.

Knorp tropft der Schweiß von der Stirn. Was die Bube nie sagte, ist, wie sehr Wasseraufnahme und Ausdünstung miteinander zu tun haben. Wenigstens brauen sich schon wieder Wölkchen am Himmel zusammen.

Als hätte sie jemand gezeichnet, denkt Knorp. Vielleicht sollte er nach seiner Rückkehr einen Malkurs besuchen. Knorp denkt an unbekleidete Damen, die in Ateliers Modell stehen.

»Noch ein Tipp«, sagt der Hörnermann. »Solltest du den Moorreiher suchen, empfehle ich dir diesen Weg.« Ein ausgestreckter Zeigefinger, der vor Knorps Augen durch die Luft fährt, sich windet. »Die Abzweigung ist fast unsichtbar. Wenn du links am Busch vorbeigehst, kommst du ins nächste Naturschutzgebiet. Hier wirst du nur wenigen Wanderern begegnen. Viele fahren mit dem Rad bis zum Gasthaus – ein lauschiges Plätzchen direkt an der Hamme. Stell dir vor: Manch ein Dussel, der im Moorexpress sitzt, sagt beim Blick aus dem Fenster: Ach, das muss wohl die Weser sein!«

Der Hörnermann macht eine Kunstpause, wartet wohl auf Knorps Lachen und fährt dann mit genervtem Blick fort, direkt in Knorps Schweigen hinein: »Ignoranten! Weiter hinten, zirka hundert Meter entfernt, liegt der Bahnhof Osterholz-Scharmbeck. Das ist die Wahrheit.«

am weiher steht
ein reiher nass
und denkt sich
weiß der geier was

25. Juli

Da hatte etwas in den Augen des Wikingers gelegen. Knorp konnte gar nicht genau sagen, was sein Misstrauen geweckt hatte. Der Hörnermann hatte nicht einmal gezwinkert. Oder doch?

Knorp erinnert sich an sein Gefühl, dieses Unbehagen, als gehe etwas nicht mit rechten Dingen zu. »Das ist die Wahrheit« ließ ihn aufhorchen, so wie es jetzt immer noch seinen Kopf besetzt.

Knorp glaubt, diesen Satz schon einmal gehört zu haben, lange vor dem Hörnermann, vor Peters und Tietjen. Ein Klagau-Satz, vermutet Knorp, während er weitermarschiert. Stramm und nur vorwärts, hin zum Moorreiher.

Jetzt lacht er in sich hinein, ein »Ätsch!« auf den Lippen. Angeschmiert hat er den Hörnermann, den er im Glauben ließ, er würde links abbiegen. Doch als er sah, wie der Hörnermann seinen Bauchladen auf den Boden stellte und sich zum Gatter wand, um den Kühen ein fröhliches »Moin!« zuzurufen, da lief Knorp los. Weiter, geradeaus, immer den Hauptweg entlang.

Für wie blöd hält der mich eigentlich, denkt Knorp. Als hätte er die Falle nicht bemerkt. Der Weg hätte ihn postwendend in die Arme der Mörderin getrieben!

Auch wenn er dem Hörnermann nicht unterstellen will, dass er die Peters näher kennt – geschweige denn ihr grausiges Geheimnis – weiß man doch hier auf dem

Lande nie so genau, was Sache ist. Und Ursache, denkt Knorp. Alles hat seinen Grund, nichts ist einfach so.

Es klingt beinahe wie Musik. Wenn der Huf aufsetzt und sich eine Sekunde zu lang in den Schotter gräbt. Wenn er, um Halt bemüht, nach hinten rutscht, während der rechte Fuß schon auf sicherem Boden steht. Für einen kurzen Moment, bis alles wieder von vorne beginnt. Ein ewiger Kreislauf.

Beim Hinken kommen Gedanken, denkt Knorp. Da scheint man das Schicksal zu verzögern, der Welt die Stirn zu bieten. Der Sinn des Lebens in neuem Rhythmus.

Knorp denkt an Willi und wie die Mutter sein kleines Grab schaufelte, gleich neben dem Rosenbeet. Wie die Spitze des Spatens in die Erde stach, zwei, drei, sich die Klumpen auf dem Blech verteilten, um den erstarrten Sittich zu bedecken.

Nur nicht sentimental werden. Knorp denkt an den Spruch Alter Wein und junge Weiber sind die besten Zeitvertreiber, der neben dem Eingang des Friseursalon Leiss hing. Warum er sich ausgerechnet jetzt die roten Stickbuchstaben vor Augen führt? Wo er doch quasi schon am Ziel und vor dem Reiher steht.

Doch erst noch eine Brücke. Und darunter, der Ausläufer der Hamme? Die Beek?

»Stell dir vor, manch ein Dussel sagt: Schau mal, die Weser …«

Knorp seufzt.

»Ein Bienlein sticht mir ins Gesicht, summ salabumm salabumm, sah wohl des Imkers Wange nicht, jetzt wein' ich still und stumm.«

Knorp blickt sich um, doch kann den Sänger nicht entdecken. Nur ein paar Gänse, die in T-Formation schnatternd über ihn hinweg fliegen. Warum es sie ausgerechnet jetzt, mitten im Juli, in die Ferne zieht? Es ist warm, wenn auch bedeckt. Und warum ein T?

Knorp erreicht eine Straße. Gegenüber die große Infotafel, neben der ein Mensch lehnt. Endlich jemand, den er fragen kann!

»Die Mundharmonika gezückt, tätärätätäää, das Liebchen im Gebüsch beglückt, der Schäfer frech ruft: Mäh!« Die Stimme kommt Knorp bekannt vor.

Als er seinen rechten Fuß auf den Asphalt setzt, braust ein Radfahrer heran: Der Bär! Knorp wedelt mit den Armen, doch der Bär tritt in die Pedale, während es im tiefsten Bass aus ihm herausbrummt:

»Natur, oh heidenhafte Welt, ich sag nur: Ei der Daus! Das Einz'ge, was jetzt für mich zählt: Ich will nie mehr nach Haus!«

Eine Fahrradklingel, als der Bär einen Gang höher schaltet und verschwindet.

Schade, denkt Knorp. Er hätte den Bären fragen können, ob es hier in der Nähe einen Laden gibt, der die Pfandflasche annimmt.

Ansonsten weiß bestimmt auch der Wandersmann auf der anderen Straßenseite Bescheid. Er wirft Knorp einen ermunternden Blick zu.

Der fasst sich ein Herz, schaut nach rechts, nach links und setzt sich in Bewegung. Der Mann bleibt in unveränderter Position: lässig ein Bein über das andere gelehnt, die Arme verschränkt.

Knorp räuspert sich. Vielleicht hätte er lieber die Infotafel befragen sollen. Dass der Mann gar keine Kleidung trägt, nur einen Dreizack? Der Schwanz, der Huf …

Ein Huf? Knorp schwenkt sein linkes Bein freudig hin und her. Darauf muss sein Gegenüber doch reagieren!

Erst jetzt fallen ihm die Hörner des Mannes auf, dessen Grinsen ihm irgendwie bekannt vorkommt. Wie eingemeißelt, denkt Knorp und: Sägemehl. Knorp hat eine feine Nase, auch wenn die Augen mitunter zu schwächeln scheinen.

Er streckt seine Hand aus. Keine Reaktion. Knorp fühlt Wut in sich aufsteigen, ähnlich wie damals, als er am Tag nach seiner Entlassung noch einmal ins Büro zurückkehrte. Er wollte nach seinem Zeugnis fragen.

»Sie werden hier nicht mehr gebraucht, Herr Knorp. Das ist die Wahrheit.«

Als sein Huf gegen das Schienbein des Mannes schlägt, hat Knorp den Beweis: Er wäre fast mit einer Holzskulptur ins Gespräch gekommen. Knorp wundert sich über gar nichts mehr, sondern tritt vor die Infotafel: NUR NOCH 110 METER BIS ZUM MOOR.

Hundertzehn Meter, denkt Knorp, was für ein Witz. Mindestens tausend pro Tag war er damals durch das Archiv gelaufen, wenn nicht noch mehr. Und im Vergleich zu seinem Hinken kommt ihm jenes Laufen wie ein Fliegen vor.

Als ob er sein eigener Sittich gewesen wäre, lacht Knorp. Hundert Meter – und dann der Anblick des Moorreihers, des eleganten Federkleidträgers, der aufrecht und geduldig auf einem Bein steht.

Halb Erde, halb Luft, denkt Knorp. Die Bube wäre doch gleich wieder mit ihrem elenden Hokuspokus angekommen. Hätte von Freiheitsbedürfnis erzählt oder von übertriebener Bodenhaftung.

Die Bube, Knorp biegt in den Weg ein, war eine blöde Sau. Obwohl der Begriff Sau auch nicht passt, hatte ihm doch ausgerechnet die Bube erzählt, dass Schweine zu den intelligentesten und sozialsten Säugetieren gehören: »Tricks, für die der Hund Wochen braucht, hat das Schwein in ein paar Stunden gelernt. Stellen Sie sich das vor, Herr Knorp!«

Dass rosa Schweine nicht in der Natur vorkommen, wollte sie ihm weismachen, »nur schwarze, Herr Knorp, alles andere ist Züchtung.« Und dass sie sich suhlen, um sich vor der Sonne zu schützen: »Die natürliche Sonnencreme, Herr Knorp, die Haut der Schweine ist so empfindlich wie Ihre.«

Den Appetit wollte sie mir verderben, die dumme Gans, denkt Knorp. Ein schlechtes Gewissen sollte ich haben: »Leberwurst, ohohoho, Herr Knorp, du bist, was du isst!«

»Schnauze!« Knorp ist sich nicht sicher, ob es wirklich seine Kehle war, aus der dieses Wort über den endlosen Weg donnerte.

Die hundertzehn Meter müsste er schon längst hinter sich gelassen haben – noch kein Moor in Sicht, kein Reiher.

Knorp seufzt, denkt an das Stöhnen des alten Herrn Leiss, wenn es ihn mal wieder hier und dort zwickte. Knorp zwickt es nun auch, mehr in der Nase. Vielleicht eine Holzstauballergie? Er dreht sich um, aber der Platz neben der Infotafel ist leer. Keine Spur von der Skulptur.

Wie viele Runden hätte ich in dieser Zeit im Archiv zurückgelegt, fragt sich Knorp. An manchen Tagen war es die einzige Beschäftigung, die einzige Möglichkeit, sich wach zu halten. So manches Mal war er mit dem Kopf auf seiner Brust eingenickt, von seinem eigenen Schnarchen fast zu Tode geweckt. Hätte ihn die Bube so gesehen, wäre sie bestimmt im Handumdrehen auf den Chefsessel zugelaufen, um über dem Chefschoß zu berichten, dass der Archivar bei der Arbeit zu schlafen pflegt.

Dreißig Jahre, denkt Knorp. Und nicht einen einzigen Tag gefehlt.

»Hat mich jemand gerufen?«

Knorp blickt nach allen Seiten, Dunst liegt über dem Weg. Erst jetzt entdeckt er den Mann mit Stethoskop.

»Beim Barte des Ziegenbocks!«, ruft der Mann. »Solch einen Fuß muss man sich erst mal erlaufen. Wie lange sind Sie denn schon unterwegs?«

Knorp grübelt. Es kommt ihm vor, als sei er schon sehr lange unterwegs. Als sei er seit seiner Geburt fast auf den Beinen, wovon das eine am unteren Ende mit einem Huf ausgestattet ist.

»Morbus Diaboli.« Der Mann holt eine Lupe heraus, betrachtet Knorps Huf von allen Seiten. »Sie müssen starke Schmerzen haben.«

Schmerzen hat Knorp keine. Der Huf ist zu einem Teil von ihm geworden, schmiegt sich an seine Wade ohne die kleinste Naht. Dass das Vorwärtskommen sich nun wie ein Gegen-den-Strom-Schwimmen anfühlt, lässt Knorp fast kalt.

»In einigen Wochen, was sag ich, Tagen, wird Ihnen dieser Fuß große Probleme bereiten!«

Knorp denkt daran, wie die Bube lange mit Krücken zur Arbeit kam, so kompliziert war ihr Bruch nach dem Sturz. Sie machte ständig Witze darüber, doch Knorp hörte sie einmal schluchzen, ganz am Ende im Gang.

»Ich sag es Ihnen frei heraus.« Der Mann steckt die Lupe in seinen Erste-Hilfe-Koffer. »Ihr Fuß könnte seine Funktion einstellen.«

Knorps Ohren sausen.

»Machen Sie sich auf das Schlimmste gefasst. Außer …« Der Mann holt ein Formular aus seinem Koffer. »Die leidige Bürokratie. Am besten, Sie unterschreiben gleich.«

Vollmacht

Hiermit bevollmächtige ich Dr. Hircum, sich der medizinischen Belange meines linken Fußes anzunehmen.

25. Juli, Teufelsmoor

…………………………………………………

Unterschrift des Patienten

Was für ein Glück, denkt Knorp, dass ihm der Arzt hier begegnet ist. Nur ein paar Meter weiter, und sie hätten sich verfehlt. So wie doch die Bube, das dumme Stück, auch nur einen Blick auf den Boden hätte werfen sollen, bevor sie stürzte.

Dr. Hircum wird sich um seinen Fuß kümmern, denn einen Eid des Hippocrates leistet sich keiner ins Blaue hinein.

»Den Kugelschreiber können Sie behalten.«

Knorp unterschreibt, steckt den Kuli in seine Westentasche. Er wird ihm das Leben retten, falls er ins Moor stürzt. Er wird die Mine herausschrauben, die Hülle als Schnorchel verwenden.

»Und hier ein kleines Geschenk zum Vertragsabschluss: Das Ei des Hippopotamus.« Dr. Hircum zaubert ein Überraschungsei aus seinem Ärmel. Statt dass er endlich mit der Behandlung beginnt.

Dieses ewige Lächeln-Müssen, denkt Knorp. Wie anstrengend es doch ist, das Innere mit dem Äußeren zu verbinden, wenn sich beide entgegengesetzt zueinander verhalten.

»So, das wäre es. Dann wünsche ich Ihnen einen schönen Tag!« Dr. Hircum macht Anstalten, wieder zwischen den Büschen zu verschwinden.

Halt, denkt Knorp. Er hat ja noch nicht mal eine Blaupause der Vollmacht bekommen. Verärgert stapft er mit dem Huf auf.

Dr. Hircum dreht sich um. Schüttelt den Kopf, als könne er etwas nicht fassen. »Gut, dass Sie es erwähnen. Dann kann die Behandlung gleich losgehen.«

Er lässt ein Beil aus seinem Hemdsärmel gleiten. Knorp fällt in Ohnmacht. Schaurig tönt es in seinem Kopf: »Wie ein Wolf, der du verlassen hast dein Rudel, zieht's dich hinein in die gar finstre Nacht. In der schon lauert ein tief und stet'ger Strudel, der dir dein Herz so düster macht.«

»Aufwachen!« Dr. Hircum lächelt Knorp freundlich an: »Alles erledigt. Sie sind befreit!«

Knorps Blick fällt auf sein Bein, das nun im Nichts endet. Zumindest ist da kein Fuß, wo einer hingehört. So wie es sich gerade anfühlt, als befände auch er, Knorp, sich im luftleeren Raum, mehr noch: in einem Traum.

»Es wird eine Weile dauern. Dann haben Sie sich daran gewöhnt.«

»Ich möchte wandern«, rutscht es Knorp heraus. »Über Berg und Tal, Stock und Stein, und ganz besonders ins Moor hinein. Um den Reiher zu finden, brauch ich ein ganzes Bein.«

»Den Graureiher?« Dr. Hircum lacht. »Die stehen sich hier doch an allen Ecken und Enten ein Loch in den Bauch. Auch den Silberreiher gibt's im Übermaß.« Er legt die Finger ans Kinn. »Wenn Sie gesagt hätten, Sie suchen einen Kranich, dann könnte ich Sie verstehen. Denn nur der Kranich bringt Glück.«

Knorp denkt an Kleeblätter, das käufliche Glück für den Privatblumentopf, wie es gerade Mode ist. Er hasst Züchtungen. Denkt an seine Kakteensammlung, die doch stets in schönster Blüte …

»Wenn Sie bei Blutmond einen Kranich sehen, dann ist Ihr Glück vollkommen.«

Blutmond?

»Heute Nacht wird der Himmel vor Scham erröten. Möchten Sie Ihren Fuß zurück?«

Knorp nickt.

»Da könnte ich vielleicht etwas für Sie tun.«

Knorps Herz schlägt schneller, es ist ihm, als ginge das Klopfen durch sein Bein.

»So ein Fuß hat natürlich seinen Preis. Sagen wir mal: zweihundert Euro!«

»Sie sind ein Geizhals, Herr Knorp. Jeder andere würde beim 25-jährigen Betriebsjubiläum einen ausgeben. Dafür ist doch die Gratifikation!«

»Ich bin ein armer Archivar, schlimmer noch: Ich war.«

»Was Sie nicht sagen«, lacht Dr. Hircum. »Und was ist das hier?« Er greift in Knorps Weste, zerrt Knorps Brieftasche heraus.

»Na, dann wollen wir doch mal nachzählen.« Dr. Hircum schnappt sich die Geldscheine. »Tausend Euro. Das sollte reichen!«

War es seine Schuld, dass die Bube und der Klagau ihr Geld aus dem Fenster warfen? Wer legte denn Wert auf ein feucht-fröhliches Beisammensein, das nur dem Umstand seines 25-jährigen Durchhaltens geschuldet war?

Er versucht, Dr. Hircum die Geldscheine aus der Hand zu reißen.

»Passen Sie lieber auf, sonst verlieren Sie noch das Gleichgewicht!«

»Bin nur ein Tagelöhner arm, hab's auch im Winter nicht mal warm«, probiert Knorp einen Trick.

»Nun gut. Ich will mal nicht so sein.« Dr. Hircum zieht einen Hunderter hervor, nach dem Knorp gierig schnappt.

»Tauschhandel war viel besser«, sagt der Arzt. »Das Geld hat die Welt in eine Hölle verwandelt. Mit dem Monetären ging die Natürlichkeit verloren.« Er hebt seinen mahnenden Zeigefinger. »Oder haben Sie schon mal einen Reiher mit Geld zahlen sehen?«

Knorp schüttelt den Kopf. Schlimmer noch als das Geld sind die elenden Kreditkarten, die den Besitzer in einen kartenleichenähnlichen Status katapultieren, und zwar hinter den Reiter X – Y. Er ignorierte das Schluchzen der Bube. Hysterisches Weib! Immerzu stand sie im Weg herum.

»Alles in Ordnung. Sie können wieder laufen.«

Knorp lässt die Bube hinter sich. Fährt mit geschlossenen Augen an seinem Bein entlang, über das Knie, die Wade …

»Mein Huf«, flüstert er und presst eine Träne hervor.

»Extremitäten«, sagt Dr. Hircum. »Was täte man ohne sie? Ein richtiger Fuß war übrigens kostenmäßig nicht drin.«

Knorp erinnert sich daran, wie er einmal seinen Regenschirm verloren glaubte und ihn im Papierkorb wiederfand.

»So ein alter Schirm«, hatte die Bube gelästert, »vergilbt und zerschlissen«, doch Knorp nahm seinen Knirps wieder an sich, den er einst an einer Haltestelle gefunden hatte. Dort steckte er im Abfalleimer, als hätte ihn jemand wütend entsorgt.

»Außerdem geht doch nichts über geistige Freiheit«, erklärt nun Dr. Hircum. »Ob mit oder ohne Fuß.« Er reicht Knorp die Hand. »Ich muss mich jetzt verabschieden. Ein eiliger Termin. Vergessen Sie das Ei des Hippopotamus nicht.«

Ganz schön viel Hornhaut, denkt Knorp, als er die Hand schüttelt.

»Bleiben Sie wohlauf! Und viel Glück mit dem Kranich!«

Fast wehmütig blickt Knorp Dr. Hircum nach, seinem Reiher in der Not. Und doch hatte er vergessen, den Arzt zu fragen, wer ihm den Flaschenpfand ausbezahlen könnte. Fünfundzwanzig Cent. Keine Summe, die man einfach so verfallen lässt.

was machst du da
pilz
mit der fliege
warte nur
bis ich dich kriege

25. Juli

NUR NOCH 220 METER BIS ZUM MOOR.

Ach, denkt Knorp. Und weh. Er hätte schwören können, dass es vorhin nur noch hundertzehn Meter hieß. Zurücklaufen lohnt nicht mehr. Bloß keine Energieverschwendung, einfach weiter geradeaus den Weg entlang bis zum Moor!

Wenigstens hat er einen Huf. Und einen Fuß. Außerdem zwei Arme, Hände – und das Wichtigste: einen Kopf. Wäre man kein Archivar, könnte man diese Umstände nicht entsprechend einordnen.

Der Weg wird immer verschlungener, dicke Büsche versperren die Sicht.

Da braut sich etwas zusammen, denkt Knorp. Da grummelt der Himmel wie gerade sein Bauch. Wann hat er das letzte Mal gegessen?

Einen kurzen Moment lang denkt Knorp an den Rehbraten und wie die Peters auch bei Tisch ihren Mund nicht hielt. Preiselbeeren, denkt Knorp sehnsüchtig.

Ein Blitz durchzuckt die Landschaft. Erste Regentropfen fallen auf Knorps Haupt, benetzen seine Lippen, werden von seiner Zungenspitze aufgelesen.

In der Dunkelheit sehen die Bäume gespenstisch aus, da verwandeln sich Astlöcher in aufgerissene Augen und Mäuler. Bogenschützen scheinen auf ihn zu zielen, Monster nach ihm zu greifen.

Mein Freund, der Baum, denkt Knorp, dem solche Veränderungen nichts mehr anhaben können. Im Gegenteil: Es zieht ihn hin zum Waldesrand, wo Heidelbeersträucher hellgrün locken. Dunkelblaue Früchte, süß, wie kandiert beinahe. Etwas fällt ihm auf den Kopf.

»Mist!«

In der Baumkrone hockt jemand. »Fass mir die Mistel bloß nicht an!«, krächzt eine Stimme.

Zu spät. Knorp hält den Zweig in beiden Händen.

»Verwunschen sollst du sein!«

Eine Gestalt klettert langsam den Baumstamm herunter, reißt Knorp das Grün aus den Händen. »War nur ein Scherz. Aber pass auf, dass dich der Bär nicht findet. Er mag keine Eindringlinge.«

Knorp erkennt ein Mütterchen. Er will fragen, woher, wohin. Will wissen, ob sie den Bären mit der Querflöte meint. Seinen Freund.

»Oder glaubst du etwa nicht, dass es auch in der Natur jemanden gibt, der Fäden zusammenhält, damit Stricke nicht reißen?« Sie betrachtet ihn neugierig. »Siehst hungrig aus. Solltest bald wieder nach Hause gehen, Fremder. Es ist ein gewagter Spaziergang, den du hier unternimmst bei dem Wetter. Gehab dich wohl!«

Regen prasselt auf Knorp nieder, dringt in seine Taschen und Poren. Ein Michelin-Männchen stürzt über Stock und Stein und seine eigenen Füße – nur der Reiher gackert schadenfroh von einem Ast, als gehöre ihm die Welt.

Wo bitte geht's zum Moor? Knorp torkelt weiter, während der Mond sich verfärbt, zu einer überdimensionalen Orange mutiert, die Knorp als der bessere Ort erscheint. Als ein Hort des Friedens und Miteinanders. Ein Platz an der Sonne.

NATURSCHUTZGEBIET, DURCHGANG VERBOTEN!

Jetzt reicht es ihm aber!

»Gehen Sie nach Hause Herr Knorp. Hier gibt es nichts mehr für Sie zu tun.«

Der Klagau ist ein Drecksack, denkt Knorp. Ein Schwein, wenn auch nicht im Sinne der von der Bube bemitleideten. Der Klagau ist ein Widerling, ein eitler Bock!

Klatschnass robbt Knorp unter dem Schlagbaum hindurch, ein Dir-werde-ich-es-schon-zeigen im Kopf. So viel ist klar: Dass er den Weg hierher nicht umsonst gemacht hat! Dass sich ein Knorp nicht bis hierher durchschlägt, um sich dann wie ein dummer Schuljunge nach Hause schicken zu lassen!

Wer nimmt eigentlich Rücksicht auf ihn? Wo bitteschön ist denn die Natur, um die es hier gehen soll?

Knorp humpelt weiter. Geradeaus immer weiter mit einer Schrittfolge von anderthalb und nicht zwei. Eine Seenlandschaft schimmert zwischen Birken hindurch. Der Mond taucht sie in warmes Orange wie den Schlamm unter Knorps Füßen. Jetzt heißt es: waten. Sich durch einen Weg kämpfen, der mehr Bach ist als Pfad.

Knorp fühlt seine Kräfte schwinden, würde sich am liebsten hinlegen, um zu sterben. Um eins zu werden mit der Natur.

Plötzlich flackert es. Kleine weiße Flammen, die hie und da über den Boden zucken.

Irrlichter, staunt Knorp. Bisher hatte er nur von ihnen gelesen. Dass sie Wanderer in den sicheren Tod führen. Bloß nicht hinsehen!

Knorp denkt an Kremsergäule, die, Scheuklappen auf den Augen, durch einen fremdbestimmten Worpswede-Aussschnitt stapfen. Kein Panoramablick, nicht einmal rosarote Brille, sondern alles in tiefstem Orange.

Mit den flachen, nach vorne gerichteten Händen am Kopf, versucht Knorp, seinem eigenen Weg zu folgen. Und merkt nicht, wie er ihn immer mehr verlässt. Bis sich nur noch Baumstümpfe in den Himmel recken, wo Krähen Kreise ziehen.

Kein Kranich, denkt Knorp, nur Todesvögel, die ihm ihre Ehre erweisen. Da entdeckt er die Hütte.

Zuerst dachte er an eine Fata Morgana, wie sie einem bestimmt auch im Teufelsmoor erscheinen kann. Nicht wegen des Wassermangels, sondern wegen eines Zuviels.

Wegen der Wassermassen, denkt Knorp aus der sicheren Hocke hinter einem toten Stamm.

Wer hier wohl lebt? So einsam und abgeschnitten vom Rest der Welt. Vielleicht ist die Hütte auch unbewohnt, vielleicht ein Relikt aus einer anderen Zeit, mit Reetdach und morschen Mauern. Etwas zerfallen sieht sie ja aus. Kein Rauch, der aus dem Schornstein dringt, obwohl bei all der Klammheit ein Heizen dringend nötig wäre.

Wie es wohl sein muss, seine Hände über einem Ofen zu wärmen, vom Huf ganz zu schweigen. Doch Vorsicht: »Wer sich in Gefahr begibt, kommt darin um«, meldet sich die Vernunft.

»Buten un binnen, wagen un winnen«, hatte die Peters gesagt. Knorp fasst sich ein Herz, marschiert schnurstracks auf die Hütte zu.

EINTRITT VERBOTEN, ist in dicken Lettern an die Tür gepinselt.

Vorsichtig klopft Knorp an die Tür. Dann etwas stärker, bis er bemerkt, dass sie nur angelehnt ist. Ob ihn jemand erwartet? Einen verrückten Augenblick lang stellt er sich vor, die Peters lauere mit einem Pürierstab hinter der Tür.

Aus dir mach ich Hackfleisch, denkt sich sein Kopf. Dann aber fühlt er, wie ihn Kälte und Nässe aufquellen. Als wäre er nicht nur einer, sondern zwei. Ein doppeltes Knorpchen, ein einsamer Wolf, der um Einlass bittet.

»Sülz nicht rum!«, scheint eine Stimme zu rufen.

Behutsam drückt Knorp die Tür auf und kommt sich vor als sei er in das Lager eines Wilderers geraten: An den Wänden des kargen Raumes türmen sich Felle verschiedener Farben und Dichten. Es scheint niemand da zu sein.

Knorp schleicht in die Küche: ein Kohleofen, Holzscheite, Streichhölzer und alte Zeitungen. Er zerknüllt ein paar Seiten, wirft sie in den Ofen, legt Zweige darüber, entfacht das Papier.

Lodernde Flammen wärmen sein Gesicht, Qualm zieht durch schmiedeeiserne Ritzen. Knorp legt ein Holzscheit nach. Es knistert und bullert im Ofen. Wohlige Wärme. Knorp zieht sich aus, hängt seine nasse Kleidung zum Trocknen auf einen Stuhl. Da fällt ihm der Schornstein ein. Jeder, der vorbeigeht, kann jetzt sehen, dass die Hütte besetzt ist!

Hauptsache, die Kleidung trocknet, beschwichtigt sich Knorp. Doch was, wenn die Mörderin zur Tür hereinkäme?

Ein kurzer Schauer, als würde er frieren. Das Knacksen herumspringender Funken. Knorp öffnet einen Schrank, findet Pulverkaffee und sieben Gläser Honig.

Ein Imker also. Ob sich seine Bienenstöcke hier in der Nähe befinden oder doch eher am Breiten Wasser? Knorp denkt an den Wikinger und wie er plötzlich mit seinem Bauchladen vor ihm stand.

Vielleicht hängt der Imker seine Bienenkörbe auch in Bäume. Nicht hier, in die abgestorbenen, denen ein modriger Geruch anhaftet. Vielleicht weiter hinten im Birkenwald.

Knorp stellt sich vor, wie ein Imker im weißen Schutzanzug und Schleierhut auf Bäume klettert. Oben angekommen, mit der Mistelmutter einen Streit ausficht, wem der Platz in der Krone nun wirklich gebührt. Wie die Mistelmutter ihn verwünscht und der Imker als schwarze Eintagsfliege durch das Moor irren muss. Bei diesem Gedanken lacht Knorp laut auf.

Er fühlt sich fast zu Hause. So hätte man auch Urlaub machen können. Wer braucht schon Komfort und wozu? Vom Quatschen der Zimmerwirtin mal ganz abgesehen und von ihren grausigen Geheimnissen. Von Leichen, nicht nur im Keller.

Es knackt, Knorp zuckt zusammen. Fast wäre ihm das Herz in die Hose gerutscht. Er beherrscht sich, zählt langsam bis zehn.

Draußen bleibt es düster und Knorp wird müde, würde sich am liebsten irgendwo hinlegen. Er ist schon lange auf den Beinen, tätschelt nun seinen Huf, der so wacker durchgehalten hat.

Warum sich nicht einfach auf ein Fell legen? Der Imker hätte bestimmt Verständnis dafür, Knorp würde ihm alles erzählen. Von der Mistelmutter, dem Tietjen, Herrn Bär, dem Wikinger, der Bube, dem Klagau, der langsamen Schnecke – aber vor allem von der Peters, die auch ihn unter die Erde bringen will. Weswegen er jetzt, genau in diesem Moment hier an dieser Stelle, noch dazu nackt …

Knorp stutzt, als er das oberste Fell in der Hand hält. Da ist ja noch der Kopf dran: ein Pandakopf mit schwarzumrandeten Augen.

Entsetzt wirft Knorp das Fell von sich. Er ist in das Haus eines Bärentöters geraten!

Ob das die Mistelmutter meinte? Jemand, der Fäden zusammenhält, damit Stricke nicht reißen? Jetzt entdeckt er das weiße Etikett auf dem anderen, einem Gorilla-Fell: 100% Webpelz, made in China, Kölner Kostümmanufaktur.

Knorp fällt ein Stein vom Herzen. Da erlaubt sich wohl jemand einen Scherz! Er vergewissert sich, indem er vorsichtig das Fell streichelt – das ihm sofort einen Schlag versetzt.

Was für ein Glück: Polyester! Schon oft war er in derartig aufgeladene Situationen geraten. Wenn die Bube seine Hand schütteln wollte oder der Klagau, dann funkte es.

Wegen ihrer Nervosität, dachte Knorp, und weil sie so unnatürlich lebten mit ihrer neumodernen Technik. Vielleicht aber lag es auch an seinen Schuhsohlen, denn einen Huf hatte er damals noch nicht.

Hier wird also ein Handel mit Kostümen betrieben. Kein Wilderer, wie befürchtet, sondern ein Karnevalsjeck, eine seriöse Person.

Knorp schlüpft in das Pandakostüm. Ganz flauschig fühlt es sich darunter an. Die Bube hatte ihm mal von Menschen erzählt, die in Tierkostümen herumlaufen: »Wenn Sie so einen Fetisch hätten, Herr Knorp, dann wären Sie ein Esel.«

Knorp fragte sich, wie sie das meinte. Die Bube hatte doch keine Ahnung. Weder von ihm noch von den Dingen im Allgemeinen. Geschweige denn davon, wie man ein Archiv ordnungsgemäß zu führen hat.

Es fühlt sich gar nicht schlecht an, denkt er. Es ist warm und behaglich. Ein bisschen auch wie ein neues Leben. Eine neue Identität. Knorps Finger fassen in die Innentasche des Kostüms, das nach Weichspüler duftet. Ein ausgewaschener Zettel mit zerlaufenen Zeilen:

die natur, schreib ich stur
die lässt sich schon begreifen
man muss sich manchmal einfach nur
ein tierfell überstreifen

Das Moor, denkt Knorp, hat schon so manchen zu schöpferischen Höchstleistungen angespornt. Nicht nur der selige Herr Peters scheint der Dichtkunst gefrönt zu haben, sondern auch solch ein bodenständiger Typ wie der unbekannte Karnevalsjeck, der die Dinge beim richtigen Namen nennt.

Das erinnert Knorp an seine Idee, sich in Zukunft der Aktmalerei zu widmen. Die Hinwendung zum Kreativen ermögliche dem Menschen, laut Zimmerwirtin, echte Befriedigung.

»Ob Sie malen, schreiben oder was auch immer«, behauptete sie, »es erfüllt Sie mehr als alles andere. Versuchen Sie es einfach: Tanzen Sie Ihren Namen in den Morgentau!«

Knorp hielt nichts von derlei Albernheiten. Doch jetzt, in diesem Moment, überkommt ihn der Drang, es nachzuholen.

»Den Vornamen?«, fragt er sich. »Roderich, Bösewicht, der nie mit den and'ren spricht.« Oder doch besser den Nachnamen mit Berufsbezeichnung?

»Kapieren Sie doch endlich: Sie haben hier nichts mehr verloren, Herr Knorp! A.D.«

Er wollte sich am Klagau rächen. Er wusste nur nicht wie.

Vielleicht sollte er einfach das Wort Panda tanzen: ein P wie Pechvogel, ein A wie ausgedient, ein N wie Nichtsnutz, ein D wie Dummkopf, ein A wie …

Das bringt ihn auch nicht weiter. Ganz ohne Musik wird das nichts. Knorp schlurft, so es ihm Huf und Bärentatzen ermöglichen, durch den Raum. Versucht, in einen zünftigen Dreivierteltakt zu kommen. Es duftet nach Schinken. Als Knorp Witterung aufnimmt, entdeckt er neben einem Stapel Felle ein altes Grammophon.

Knorp pustet den Staub von der Schellack-Platte. Der Mephisto-Walzer, gespielt von Ervin Nyíregyházi. Hier wurde allerdings das Z durchgestrichen und ein S darüber gesetzt.

Was für ein Zufall, wundert sich Knorp. Das ist doch der Name des Pianisten, den der Hörnermann in den Schotter schrieb!

Wie gut, dass seine Kostümtatzen so beweglich sind. Aufgeregt dreht er die Kurbel. Es kratzt aus dem silbernen Trichter, als der Plattenteller mit einer sich in den Schwanz beißenden Katze zu rotieren beginnt.

Es ist kein Wiener Walzer, der da schwindelig daher scharwenzelt, auch kein Marsch, in den Knorp flott einsteigen könnte. Es sind irre in den Raum geworfene Pianofetzen, eine Mischung aus Sirenensäuseln und Donnergroll, schaurig, sanft und dröhnend, die den Raum in süße Endzeitstimmung hämmern.

Knorp hüpft auf einem Bein, versucht zu steppen, sich wie ein Derwisch um seine eigene Achse zu drehen, macht auf Schuhplattler und Hampelmann. Der

Panda verschmilzt mit Melodie, mit hoffnungsvollem Grauen, bis ein Klavier zertrümmert wird. So viel Herzschmerz lässt auch einen Archivar fröhlich hin- und herwiegen. Denn es ist ja sein Huf, der trotz des Fells, das ihn umhüllt, den Takt vorgibt. Soweit ein solcher überhaupt existiert, denn die Finger des Pianisten scheinen von einem fremden Willen fehlgeleitet zu werden. Wie auch Knorp alias Panda, der kurz vor dem Hyperventilieren steht.

Knorp sieht eine Ballerina, einen Schwan, einen Moorreiher … und ein Paar Hüttenschuhe, die ihm vorher gar nicht aufgefallen sind.

Hüttenschuhe auf Schaffell. Hatte er sie nicht schon einmal irgendwo gesehen? Vielleicht in seinem Fremdenzimmer im freundlichen Gästehaus im Teufelsmoor?

Mitunter bildet man sich ja allerhand ein, denkt Knorp. Der Mensch ist in der Lage, Karteikartenregister aus Pappe durch elektronische, also nicht vorhandene, weil unsichtbare, zu ersetzen. Der Mensch erfindet das Rad nicht neu, aber immer neue Räder. Und er fliegt von A nach B. Warum also sollten nicht auch Schuhe fliegen können? Schuhe, die jemand von A nach B trägt. Ein Panda gerät ins Grübeln.

Beinahe wäre das Feuer ausgegangen. Knorp legt zwei Holzscheite nach. Er ist jetzt fest entschlossen, in der Moorhütte zu bleiben. Nur in absoluter Einsamkeit kann der Mensch glücklich sein. Dabei hat er noch nicht mal seinen Namen getanzt.

»Ich werde mein neues Zuhause nie wieder aufgeben!«, ruft Knorp. »Und wenn ich es mit Waffengewalt verteidige. Mit einem Prankenhieb.«

Es ist ja auch so, denkt Knorp, dass nur ein Archivar a. D. über den Luxus unendlicher Zeit verfügt. In diesem Punkt kann man dem Klagau schon recht geben.

Lebenslanger Urlaub, denkt Knorp und streicht über seinen brummenden Bauch. Vielleicht war es übertrieben, das große Glas Honig auf einmal auszulöffeln. Nicht dass er noch einen Zuckerschock bekommt.

Der Wind lässt die Wände wackeln, Regen peitscht ans Fenster.

Bei solch einem Wetter jagt man nicht einmal einen Hund vor die Tür, denkt Knorp, als er in der Ferne Licht entdeckt. Wie ein zu tief fliegender Stern, der durch die Gegend zittert.

Knorp tritt näher ans Fenster, beobachtet Krähen aus dem Nichts aufsteigen. Glaubt, eine geduckte Gestalt am Haus vorbeihuschen zu sehen. Dann zieht ihn der Lichtkegel in seinen Bann.

Was, wenn der Moorhüttenbesitzer zurückkommt? Wer weiß, welchen Geistes Kind der ist? Knorp läuft zurück ins Zimmer, legt sich flach auf den Boden, als wäre er ein Bärenfellteppich.

Draußen pfeift jemand. Jetzt scheppert es, und nach einem »Verflixt!« scheint jemand ein Fahrrad aufzurichten.

Knorp stellt sich vor, er sei ein Schmetterling, ein gelber Zitronenfalter, der fröhlich durch die Luft gleitet.

Aus dem Fenster hinaus Richtung Breites Wasser. Jemand scheint Kleidung auszuklopfen.

Es knarrt. Aus der Panda-Augenhöhle beobachtet Knorp, wie sich die Tür öffnet. Und herein spaziert!

Der Bär muss wohl gestürzt sein, denn sein Fell ist voller feuchter Erde. Er nimmt seinen Rucksack ab, stapft in die Küche.

»Was ist das denn?« Er scheint den Ofen zu öffnen und etwas hineinzuwerfen.

Knorp hört, wie das Feuer lodert. Er ist fest entschlossen, seinen Scherz weiterzuführen. Will das überraschte Gesicht des Bären sehen, wenn sich der Panda-Teppich auf einmal erhebt. Knorp grinst, auch wenn es immer schweißtreibender wird im Kostüm.

»Wer hat von meinem Honig gegessen?« Der Bär scheint ein Holzscheit nachzulegen, kommt ins Zimmer zurück, greift in den Rucksack und holt eine Digitalkamera heraus. »Für die Spurensicherung«, murmelt er.

Knorp hebt seinen Kopf leicht an. Die Kamera kommt ihm bekannt vor. Es ist … seine Kamera!

Er widersteht dem Reflex, auf den Bären loszugehen. Wartet stattdessen, bis der Bär durch eine verborgene Tür in den Nebenraum verschwindet und Wasser in eine Wanne laufen lässt.

Knorp will nicht glauben, dass der Bär seine Digitalkamera gestohlen hat.

»Ich sehe ja aus wie ein Schwein. Sollte am besten gleich mal die Waschmaschine anwerfen.« Eine Klappe schlägt zu, eine Entriegelung. Dann das Geräusch einlaufenden Wassers in die Trommel. Schritte.

Ob er jetzt einfach aufstehen und den Bären zur Rede stellen soll? Knorp presst sich auf den Boden, als zwei nackte Füße an seinem Gesicht vorbeistapfen. Radlermuskeln unterm Bademantelsaum.

»Na, dann wollen wir doch mal sehen …« Der Mann nimmt die Kamera, macht es sich auf den Fellen neben Knorp bequem. »Das ist ja mal ein Schnappschuss!«

Knorp will nicht verstehen. Kann nicht mehr an sich halten. Ein falscher Bär! Er springt auf, entreißt dem Mann die Kamera.

Der weicht zurück: »Wer sind Sie?«

Knorp alias Pandabär stößt ein tiefes Brummen aus. Klopft sich mit den Armen auf die Brust, fühlt sich fast wie ein Klagau.

»Was wollen Sie von mir?« Der Kameradieb drückt sich zitternd an die Wand.

Knorp macht einen Schritt auf ihn zu, hält den Mann mit einer Drohgebärde in Schach – erst reckt er seinen linken Arm mehrfach in die Luft, denn wirbelt er ihn herum, als würde er etwas aufziehen – und widmet sich nun seiner Kamera. Gar nicht so leicht, mit der Riesenpranke über das Display zu wischen. Als er sich selbst auf dem Foto entdeckt, kreischt Knorp auf: »Das werde ich dir heimzahlen!«

Wütend will er sich auf den verängstigten Mann stürzen, der laut »Stopp!« ruft und: »Das Badewasser läuft!«

Eine Überschwemmung wäre das Letzte, was Knorp jetzt gebrauchen kann, ist er doch froh, endlich wieder trockene Füße zu haben. Er lässt den Mann ins Bad gehen, bringt sich in Position, wartet. Hört aus dem Badezimmer: »Man muss sich manchmal einfach nur ein Tierfell überstreifen.«

Ein Fenster klappert, als ob der Wind zugelegt hätte. Draußen raschelt es. Knorp will sich schnell gegen die Tür stemmen, doch da fliegt sie schon auf und ein Gorilla drängt ihn in den Raum zurück: »Was willst du?«

»Ich habe mich vor Frau Peters hierher geflüchtet, wie mir der Bär, du, geraten hat«, ruft Knorp aus und legt kleinlaut nach: »Halten Sie Abstand zu Frau Peters, hast du gesagt. Falls du dich erinnerst.«

»Ich kenne keine Frau Peters.« Verärgert stapft der Gorilla auf. »Was weißt du noch? Weißt du, wer ich bin?«

»Ein Mensch«, sagt er, beinahe lautlos, und stellt erst jetzt fest, dass der Gorilla Hände hat und keine Pranken. Und dass sie dort, wo das Fell in einen Reißverschluss mündet, von gelbem Polyester bedeckt sind. Gelb wie das Fahrradtrikot mit dem Aufdruck einer Versicherung …

»Ein Mensch«, wiederholt Knorp mit bebender Stimme. »Aber ansonsten keine Ahnung«

Eine Ziege streift am Fenster vorbei, wirft einen hämischen Blick herein.

»Wirklich, keine Ahnung?«, fragt der Gorilla freundlich.

»Vielleicht …«, sagt Knorp wie zu sich selbst: »Herr Peters?«

Nach einem Moment, in dem sich die ganze Welt aufzulösen schien, fragt der Gorilla honigsüß: »Wie wär's, Panda, wenn wir einen kleinen Kampf austragen?«

Eigentlich wollte er doch nur in den Urlaub fahren, denkt Knorp. Auf der Suche nach Ruhe und Reiher war er. Frieden wollte er und Freiheit. Einen Freund, glaubte er, gefunden zu haben. Doch nichts ist, wie es scheint. Schuld daran ist das verdammte Teufelsmoor. Vielleicht aber auch er selbst: Warum hat er der netten Zimmerwirtin nicht vertraut?

»Bist du bereit?«

Knorp wünscht sich in einen Albtraum. Auch wenn es seine Zeit dauert, bis man erwacht, wartet am Ende die Erlösung. Doch wo kein Traum, da kein Ende. Lieber ein Alb mit Schrecken, als ein Alb ohne Ende, denkt Knorp.

»Konzentrier dich! Bei drei geht es los!«, ruft der Gorilla. Er hält eine Fahrradkette in der einen, ein Jagdmesser in der anderen Hand.

Wie schön alles sein könnte. Knorp erinnert sich an das Kaffeekränzchen mit Frau Peters Freundinnen. Die netten Damen. Wie gern würde er sich mit ihnen gemeinsam auf den Käseigel stürzen. Und auf die Schinkenblüten!

Nichts ist für die Ewigkeit, wusste schon der Klagau, der doch eigentlich ein sympathischer Zeitgenosse war.

Der Gorilla rasselt mit der Kette. Knorps Knie geben nach. Er weiß nicht, wie man das Schwert benutzt, das ihm der Gorilla in die Hand gedrückt hat. Ein kleines Holzschwert, hübsch anzusehen.

Der Gorilla schlendert brummend auf ihn zu, schwingt die Kette nun wie ein Lasso über dem Kopf. Knurrt: »Komm doch her, Pandabär, lass dich von mir jagen! Denn ich muss, bedaure sehr, dir auch gleich an den Kragen.«

Ich will nicht sterben, denkt Knorp und hüpft zur Seite. Nun schlängelt die Kette über den Boden, richtet sich kurz vor Knorp auf wie eine Natter. Knorp versucht, ihr mit seinem Holzschwert den Kopf abzuhacken. Doch die Kette weicht aus: mal nach rechts, mal nach links, bis Knorp nicht mehr weiß, wo oben und unten ist.

»Taktik«, lacht der Gorilla. »Verwirre den Feind, bis er greint.«

Weint, denkt Knorp. Ob er den Gorilla aufklären sollte? Er scheint ja guter Laune zu sein. Vielleicht ist doch alles nur ein großer Spaß.

In dem Moment, als er seinen Mund öffnen will, um den Gorilla zu korrigieren, trifft ihn die Schlange am Po. Es schmerzt, trotz des Fells.

Jetzt holt der Gorilla aus und schmettert die Kette gegen Knorps Gesicht.

Ohne Pandamaske, denkt dieser verzweifelt, wäre das ins Auge gegangen.

Er braucht einen Plan. Sein Holzschwert ist weder Kette noch Messer gewachsen.

»Hopp, hopp, hopp – Pferdchen, lauf Galopp!« Der Gorilla jagt ihn nun mit der Kette, die auf Knorps Rückenfell niedersegelt.

Knorp flüchtet im Zick-Zack durch den Raum: »Ach wäre ich doch Bienlein, Vogel oder Baum.«

Als der Gorilla in schallendes Gelächter ausbricht, wagt Knorp den Angriff: Er stürzt sich mit aller Wucht nach vorne, gleich einem wütenden Eberhard. Aber der Gorilla packt ihn einfach am Schlafittchen, am Etikett »Made in China«.

»Sag mir, was du weißt.« Er hält Knorp das Messer an den Hals.

»Was ich weiß?«, stottert Knorp. »Etwas zu wissen, bin ich nicht heiß.«

»Halt mich nicht zum Narren!«, dröhnt der Gorilla. »Ich weiß, dass ihr alle drei unter einer Decke steckt. Ich habe euch zusammen essen sehen.«

Was genau meint er, fragt sich Knorp, der die kalte Klinge wegen des Fells nur erahnen kann. Dies aber sehr deutlich.

»Von wem sprecht Ihr? Sagt es mir!«

»Na, du und meine Frau. Und der Tietjen!«

Knorp hatte gleich das Gefühl, dass dieser Tietjen nur Ärger macht. Er windet sich, aber der Arm des Gorillas drückt wie ein Eisenkorsett auf seinen Brustkorb.

Hätte er sich doch mit dem Klagau zusammen im Fitness-Studio angemeldet. Später ist man immer schlauer.

»Ihr Oberkörper, Herr Knorp … Kaufen Sie sich mal einen Expander!«

Wie sehr er auch versucht, sich vom Arm des Gorillas zu befreien: Mit jedem Druck, den er aufbaut, kriegt er immer weniger Luft. Knorp japst, wedelt mit seinen

Pranken. Aber der Gorilla drückt einfach weiter, summt dazu ein Wiegenlied.

Mephisto-Walzer, denkt Knorp, doch es ist nur die Waschmaschine, die in den Schleudergang übergeht. Knorps Kräfte schwinden.

Plötzlich meckert es vor dem Fenster. Die Tür öffnet sich wie von Geisterhand, ein Schwarm Fliegen schwirrt herein. Sie umkreisen den Kopf des Gorillas, der zornig um sich schlägt: »Haut ab, widerliches Gesindel«.

»Lauf weg, Knorp!«, scheinen sie zu raunen.

Knorp hinkt zur Tür hinaus, wo Dr. Hircum wartet: »Leg das Fell ab, dann bist du schneller mit deinem Huf!«, rät er. »Ich halte ihn auf.«

Knorp reißt sich das Kostüm vom Leib und stürzt nackt davon.

»Du also bist der Teufel!«, brummt es hinter ihm her. »Ich sehe ihn doch ganz genau, deinen Huf!«

»Halten Sie die Klappe!«, sagt Dr. Hircum, der sich dem Gorilla in den Weg stellt. »Und nehmen Sie erst mal dieses Mittelchen zu sich. Ein Tranquilizer. Heute nur 100 Euro!«

Er betäubt den Gorilla mit einem Gewehrschuss, winkt Knorp zu und ruft: »Die Wirkung hält zwei Stunden an. Wenn alles gut geht. Bei Schnäppchenpreisen gibt es keine Garantie!«

Knorp läuft. Richtung abgebrochene Baumstämme, Moorweiher, Richtung Heimat. Wobei seine Heimat das freundliche Gästehaus im Teufelsmoor ist. Und dies herauszufinden, hätte ihn fast sein Leben gekostet.

So geht Glück, denkt er. Auf einmal beginnt er zu straucheln. Denkt noch: Das war's. Und kippt um.

he
doktor hircum
steh nicht im weg rum
mach mir rasch ein fläschchen auf
das ich gerne von dir kauf
kipp ich's mir dann runter
werd ich richtig munter
denk ich
alles klar
geht doch
wunderbar

26. Juli

Dunkelheit wie geistige Umnachtung. Nur schwaches Kerzenlicht.

»Wo bin ich?«, fragt Knorp.

»In meiner Jurte.« Die Mistelmutter tritt an sein Feldbett.

Knorp will sich aufrichten, aber sein Körper streikt. »Wie bin ich hier hereingekommen?«

»Sie haben dich getragen.«

»Sie?«, fragt Knorp, der sich an nichts mehr erinnert.

»Ruh dich aus. Denken strengt an. Du warst vor Erschöpfung zusammengebrochen. Man fand dich im Teufelsmoor.«

»Der Bär?«, fragt Knorp.

»Schlaf jetzt«, flüstert die Mistelmutter.

Sie lässt einen Zweig über ihm baumeln. Einen hellgrünen Zweig mit weißen Beeren.

Knorp träumt von Flattergewändern am Moorreiher-Stein.

Von Eberhard.

Und von Pfandflaschen.

»Trink das, so wirst du wieder auf die Beine kommen!« Die Mistelmutter hält ihm einen Bocksbeutel hin.

»Ein Zaubertrunk?«, fragt Knorp, nachdem er probiert hat.

»So ähnlich«, schmunzelt die Mistelmutter. »Heidelbeerwein. Er stärkt die Abwehrkräfte. Gib mir auch einen Schluck.«

»Etwas passiert mit mir.«

»Was denn?«

»Ich sehe die Zukunft auf einmal optimistischer als sie ist.«

»So soll es sein«, lacht die Mistelmutter.

»Ich bilde mir ein, Bäume rausreißen zu können. Und ich weiß, dass alles gut wird.«

»So sei es.« Die Mistelmutter lächelt.

»Es ist Zeit, Abschied zu nehmen. Ich werd' von dannen zieh'n.«

»Dieser Jutestoff soll dich auch weiterhin bedecken. Gehab dich wohl.«

»Habt vielen Dank für Eure Gastfreundschaft.«

Knorp krabbelt aus der Jurte. Da steckt wohl noch etwas Katze in mir, denkt er.

Die Erinnerungen nehmen Formen an: Jan Peters alias Bär alias Gorilla wurde mit einem Mittel betäubt, dessen Wirkung zwei Stunden anhalten sollte.

Wie lange mag er, Roderich Knorp, wohl in der Jurte der Mistelmutter gelegen haben? Dass er auch nicht danach fragte!

Der hohe Himmel des Teufelsmoors lässt keine Zeiteinschätzung zu. Ob es Tag ist, Abend oder Nacht: ein kaum changierender Grauton, der alles dämpft.

Auf jeden Fall bin ich auf dem richtigen Weg, denkt Knorp, als er an dem Schild NUR NOCH 220 METER

BIS ZUM MOOR vorbeikommt. Von hier aus immer geradeaus bis zur Infotafel.

Wenn er nur wüsste, wo Jan Peters steckt, der verhindern will, dass die Welt von seiner Schandtat erfährt.

Sich als Bär ausgeben und alle anderen täuschen, denkt Knorp. Kameras stehlen. Und einen auf Einsiedler machen, obwohl er sogar eine Waschmaschine besitzt.

Immer schneller läuft Knorp. Zwischendurch blickt er sich um. Es kommt ihm vor, als würde ihm jemand folgen, ihn sogar überholen.

Vielleicht eine Nebenwirkung des Heidelbeerweines, die wie Meckern oder das Scharren von Hufen klingt? Erstaunlich, dass er trotz seines Hufs so gut vorankommt auf einmal. Sein Blick wandert hinunter, erst auf den rechten, dann auf den linken … Fuß!

Ferse, Sohle, fünf Zehen, zählt Knorp. Eine Wunderheilung! Die Mistelmutter muss ihn von seinem Huf befreit haben.

Knorp wagt einen Luftsprung, durch den sich das Jutetuch löst und vom Wind in die Ferne getragen wird.

Freiheit, lacht Knorp und spürt einen milden Lufthauch an seinem Gemächt.

»Nur nicht übermütig werden«, warnt jemand. »Hier im Moor verliert man schnell wieder, was man zurückgefunden glaubt.«

Das geht doch nicht mit rechten Dingen zu, fürchtet Knorp, als er den Hörnermann mit der Wikingermütze vor sich sieht. Unweit des Weges, den er damals nicht einschlug, weil er dem Wikinger misstraute. Hätte er besser auf ihn gehört.

»Na, war's denn schön im Teufelsmoor?« Ein Grinsen kann sich der Wikinger nicht verkneifen, jetzt wo er ihn hier in flagranti ertappt.

»Ach«, antwortet Knorp, »ich wollte mir gern die ganze Landschaft anschauen. Wenn man schon mal in der Gegend ist.«

»Da hast du Recht.« Der Hörnermann taxiert Knorp von oben bis unten. »Ich habe heute schicke Lendenschurze aus Webpelz im Angebot. Falls du frieren solltest. Hier zum Beispiel: Modell Tiger« Der Wikinger zieht unterschiedlicher Lendenschurze aus seinem Bauchladen. »Außerdem sehr beliebt: Puma, Panda oder Bär.«

Von Letzteren würde Knorp lieber Abstand nehmen, der Tiger aber könnte ihm gefallen. Er fragt: »Haben Sie auch Löwe?«

Der Hörnermann zaubert einen Lendenschurz hervor: »Der König des Moors für den anspruchsvollen Herrn. Allerdings im oberen Preissegment.«

Knorp fällt ein, dass er keinen Cent mehr besitzt.

»Wie viel würde so ein Lendenschurz denn kosten?« Knorp deutet auf ein Panda-Imitat, das bestimmt etwas günstiger ist.

»Da hast du aber Glück«, grinst der Wikinger unter seinen Hörnern hervor. »Heute nur unschlagbare 100 Euro!«

»So viel Geld habe ich nicht bei mir«, klagt Knorp.

»Hm«, grübelt der Wikinger. »Wie wär's mit der Pfandflasche? Heute ist sie 100 Euro wert.«

Die Pfandflasche, ärgert sich Knorp. Wie und wo konnte er sie nur vergessen? Es ist davon auszugehen, dass nun Jan Peters alias Bär alias Gorilla in den Genuss eines schicken Lendenschurzes kommt.

»Hättest du denn etwas als Pfand da?«, schlägt der Hörnermann vor. »Dann könnte ich dir den Lendenschurz leihen.«

Die Digitalkamera liegt auch bei Jan Peters. Der Rest im freundlichen Gästehaus im Teufelsmoor. Vielleicht sollte er dem Hörnermann die ganze Geschichte erzählen!

»Mein Hab und Gut befindet sich im Gästehaus der Frau Peters. Doch ihr Mann, Herr Peters, ist in Wirklichkeit der Bär, der nur vorgibt, einer zu sein. Der aber in Wirklichkeit dort hinten in einer Hütte mit einer Waschmaschine lebt.«

Der Lendenschurzverkäufer wackelt mit den Hörnern. »Und du glaubst nicht, dass ich denken könnte, du willst mir einen Bären aufbinden?«

Recht hat er, denkt Knorp.

»Kann es sein, dass du ein bisschen zu viel Heidelbeerwein getrunken hast?« Der Lendenschurzverkäufer zieht eine Tüte hervor. »Lass uns mal die Promille testen!«

»Viel kann es nicht sein,«, ruft Knorp, »mein Blut ist ganz rein. So wie es aussieht, ist's nur der Schein!«

»Wie du meinst, Adam. Willkommen im Paradies!« Der Hörnermann packt seinen Bauchladen und verschwindet.

Keine Spaziergänger. So kann er wenigstens unbehelligt weitermarschieren. Der Webpelz wäre sowieso viel zu warm gewesen bei all der Hitze am Breiten Wasser.

Doch ein Ahornblatt hätte er gern gefunden, leider wachsen hier neben den Wiesen nur Kastanien und Weiden. Und deren Blätter taugen nicht für seine Zwecke.

»Ganz schön gewagt.« Der Pfiff, der den Worten folgt, lässt sich Knorp verschämt seine Hände vor unterhalb des Bauches halten. Wie anders als ein Moorreiher: kerzengerade und auf einem Bein. Jemand scheint ihn zu verfolgen. Hat er da nicht eben eine Gestalt hinter die Eiche springen sehen?

»Die Touristen von heute kennen auch keine Scham. Und ich dachte, die Freikörperkultur sei längst ausgestorben.«

»Ach, liebe Frau Trauerweide. Nehmen Sie's mit Humor: Es ist doch immer noch besser, als würden sie sich die Maßkrüge um die Ohren hauen.«

»Da haben Sie recht, liebe Frau Kastanie. Und dennoch: Ein gewisses Maß an Feingefühl sollte auch der Tourist seinem Urlaubsort entgegenbringen. Manche Dinge schicken sich einfach nicht.«

Es ist ihm ungeheuer peinlich. Knorp stakst weiter. Sein guter Ruf steht auf dem Spiel. Was sollte Frau Peters von ihm denken, wenn sie davon erfährt?

Knorp denkt an seinen Schrank mit der sorgsam gefalteten Kleidung. Nicht mehr lange, und er ist wieder Knorp. Mehr noch: ein Knorp, der weiß, wo er hingehört. Seinen Lebensabend inklusive Zeitluxus wird er im freundlichen Gästehaus an den Gleisen des Moorexpress verbringen.

Dort wird er sich den schönen Künsten widmen. Vorher aber will er dafür sorgen, dass der Betrüger Jan Peters hinter Fliegengitter kommt!

Als wäre das ganze Teufelsmoor auf den Beinen. Wie eine Riesenwelle jagen die Tiere an Knorp vorbei: im Himmel und auf Erden.

Ob sie vor einem drohenden Unwetter auf der Flucht sind, fragt sich Knorp. Normalerweise geht es doch viel gelassener zu Richtung Worpswede, das hatten auch die Geomantologen, Lepus & Lepus berichtet. Und Knorp ist, als seien auch die beiden gerade eben an ihm vorbei gehoppelt.

Gänse flattern hoch über ihn hinweg, aufgeregt schnatternd und wild durcheinander statt in geometrischer T-Formation. Sogar die sonst so lahmen Kremsergäule galoppieren nun kutschenlos an ihm vorbei.

»Los! Kinder, schneller, damit wir bloß nicht zu spät kommen!«

Wer denn nun schon wieder, fragt sich Knorp, da entdeckt er die Kühe, zum Abmarsch postiert. Eberhard, denkt Knorp.

Nur eine Kuh mit Trauerflor bleibt am anderen Ende der Weide.

»Komm schon, Petruschka!«, rufen die anderen.

Petruschka bricht in Tränen aus. »Was ist schon ein Konzert ohne Kontrabass?«

Knorp fragt sich, was mit Eberhard passiert ist. Ob er womöglich im Schlachthof gelandet ist, er, der stolze Freiheitskämpfer.

»Gib doch zu, dass du froh bist!«, stellt ihn sein schlechtes Gewissen zur Rede, »mehr noch: schadenfroh. Was des einen Freud, ist des anderen Leid! Oder etwa nicht?«

Nun ja, denkt Knorp. Es hätte durchaus Vorteile, wenn Eberhard nicht mehr wäre. Das Bild des über den Zaun springenden Bullen beschäftigt ihn noch immer.

»Zivilcourage ist nur ein leeres Wort«, weint Petruschka. »In Wahrheit geht es um Fressen und Gefressen-Werden. Wie bei den Zweibeinern.«

Es ist Abend geworden. Der Campingplatz an der Hamme verwaist, als seien die Sommerurlauber nur Figuren einer Fabel. Selbst die roten Plastikkühe sind von der Brücke verschwunden. An gleicher Stelle lacht nun ein Fliegenpilz mit Metallöhse.

Keiner mehr, der sich einem in den Weg stellt, denkt Knorp, sondern einer, der vergebens auf Gesellschaft wartet. Auf Freundschaft, Liebe und im weitesten Sinne auch auf den Tod.

Nicht mehr lange, und er ist zu Hause. Knorp streicht mit dem Handrücken über die Augen. Warum sollte man sich für Freudentränen schämen, die auf halsbrecherische Weise ihren Lauf nehmen?

Links beginnen die Pferdeweiden. Auch hier niemand mehr, der seinen Kommentar abgeben könnte zu einem Huf, der mal war. Bald hat er Zeit, den Pferden in Ruhe einen Besuch abzustatten und von seinem Ausflug ins Teufelsmoor zu berichten. Bei der Gelegenheit würde er ihnen für Fragen rund um den Huf Dr. Hircum als Spezialisten empfehlen.

Knorp geht weiter, vorbei an Bauernhäusern und Höfen. Dann, am Klärwerk, beginnt sein Herz zu hämmern: Links hinter den Pferdeweiden lacht das freundliche Gästehaus im Teufelsmoor. Knorp hastet geradeaus weiter, hin zum Ortsschild: Worpswede.

Hier genau ist die Mitte, denkt er, weder Worpswede noch Teufelsmoor, nur ein der Zeit enthobenes Schild, das jemand irgendwann einmal aufgestellt hat, ohne über seinen Sinn nachzudenken. Ohne zu hinterfragen, warum die Karteikarten X hinter den Reiter X, warum Y hinter Y gehört. Ohne das große Chaos zu sehen und die Verirrung, die Desorientierung, die sein Fehlen zur Folge hätte. Dass man womöglich in die falsche Richtung, nach rechts und zur Mühle ginge. In den sicheren Tod, wie zerschrotete Lausbuben.

Der Duft des Rehbratens zieht durch den einsamen Abend, als stünde Frau Peters schon in der Küche, als hätte sie nur auf seine, Knorps Rückkehr gewartet. Vielleicht riecht es auch nach Gülle, und er hat einfach zu lange nichts gegessen.

Alles im Lot. Denn natürlich wird Frau Peters ihre Gewohnheiten weiterbehalten, und es sind doch sehr angenehme Gewohnheiten, die er zu schätzen weiß.

Er wird ihr freundlich seinen Aufzug erklären. Sie wird verstehen, denkt er, dass nicht immer jeder sich in der gleichen Form darstellen kann. Und später wird sowieso alles ganz anders. Im Sinne von besser.

Plötzlich ein schriller Ton wie ein menschlicher Schrei.

Der Moorreiher? Knorp blickt in die Abenddämmerung und dann in die geweiteten Augen einer Raupe: Der letzte Moorexpress Richtung Bremen.

Knorp springt zur Seite, bevor der Zug an ihm vorbeirattert. Erschöpft genießt er den Fahrtwind, der seinen Körper wohlig umschmeichelt.

»Was hältst du von einem Maisblatt?«, fragt der Wikinger, der plötzlich schemenhaft vor ihm auftaucht. Genau zwischen den Gleisen marschiert er, aus Richtung des vorbeifahrenden Zuges.

»Wenn du dort keins findest, dann weiß ich auch nicht.« Knorp folgt einem Zeigefinger, hinter dem sich eine hohe Silhouette auftürmt.

Der Hörnermann sagt: »Keine Gebirgskette, kein Edelweiß, 100 % Worpswede-Mais.«

Eine gute Idee, denkt Knorp. Als er ihm danken will, verblasst der Hörnermann zu Erinnerung.

Knorp wirft noch einen Blick Richtung Gästehaus, das ihm immer freundlicher erscheint. Heimat.

Und es kommt ihm vor, als würde er den Sinn des Fremdlings Abendliedes erst jetzt so richtig begreifen.

Dort, wo du nicht bist, ist das Glück. Jetzt stimmt es. Jetzt ist es richtig:

Das Glück wartet dort, wo auch er selbst in nicht allzu langer Zeit sein wird.

Gülle oder Gene, fragt sich Knorp. Solch riesige Maisstauden hat er vorher noch nie gesehen.

Er sagt: »Hoch oben thronst du über mir in schwindeligen Lüften. Die Blätter rascheln wie Papier nach frischen Popcorn-Düften.«

Zuerst scheinen die Maisstauden ihm den Zutritt zu verwehren, dann aber weichen sie höflich aus. Mehr noch: Ein regelrechtes Spalier bilden sie, durch das Knorp königgleich hindurch schreitet. Wie ein Kokon fühlt sich das an.

Wenn auch kein Platz an der Sonne, dafür sichere Höhle. Knorp muss an den Bären denken, an Jan Peters, und wie Dr. Hircum ihn mit dem Gewehr betäubte.

»Rauhe Sitten«, lacht Knorp, »hier in Worpswede.«

Knackegrün sind die Blätter. Knorp will sich das Allergrößte aussuchen. Noch halten die inneren Blätter die Kolben umschlossen, beinahe umschlungen, von der Spitze hängen gelbe Haare herab.

Perücken, denkt Knorp grinsend. Im Grunde genommen sehen die Maiskolben aus wie alberne Vodoopuppen.

»Nicht dass ihr mich noch verhext!«, droht Knorp augenzwinkernd. »Das wär doch mal was: Urlauber von Futtermais verhext!«

Es raschelt im Maisfeld. Der Wind hat zugelegt. Die Blätter bewegen sich vorsichtig hin und her, streifen fast zärtlich Knorps Arme, Beine, sein Gesicht.

Da taucht etwas Schwarzes am Himmel auf. Der Moorreiher, denkt Knorp erfreut.

Jetzt sinkt es und zerfällt in tausend Einzelteile. Diese ziehen, leise summend, ihre Kreise.

die spinne hält
ihr netz besetzt
wer zu spät kommt
mahlt zuletzt

Epilog

Ihr denkt, ich stünde still an dem mir zugedachten Platze. Auf dass die Touristen mich bewundern, auf dass sie vor Angst ihre Augen aufreißen, um dann in lautes Lachen auszubrechen.

Eine Skulptur – wer hielte es für möglich, dass sie so beweglich, so mobil sich aufmacht, ihrem inneren Drange folgend, um deine Welt ins Chaos zu stürzen.

Welche Ahnung habt Ihr denn vom Moor, die Ihr hier steht und dieses hölzerne Abbild bewundert, in stiller Andacht dem Künstler huldigend? Denn der Teufel tritt auch in Gestalt anderer auf:

Spricht Englisch oder schweigt. Ist Blume, Fliege, Kuh und Fluss zugleich.

Und manchmal ist der Teufel ein kleines Notizbuch mit Versen.

Auf jeden Fall aber trägt er den Generalschlüssel bei sich. Für jedes Haus. Jedes Zimmer. Jeden Schrank. Er lebt mit dir unter einem Dach und … lässt dich träumen.